新編 甲田四郎詩集

Koda Shiro

新・日本現代詩文庫 130

土曜美術社出版販売

新・日本現代詩文庫　130

新編　甲田四郎詩集

目次

詩篇

詩集『陣場金次郎洋品店の夏』（二〇〇一年）全篇

詩集『くらやみ坂』（二〇〇六年）抄

詩集『冬の薄日の怒りうどん』（二〇〇七年）抄

詩集『送信』（二〇一三年）全篇

未刊詩篇

エッセイ

解説

詩篇

詩集『陣場金次郎洋品店の夏』（二〇〇一年）全篇

痛い休日

昼過ぎ女房は逆立った髪で起きてきて
今日は一日ごろ寝すると言う
あたし死にたくないからね、今日は完全に休むか
　らね
掃除も洗濯もご飯の支度も全部休むからね
あたしが死んじゃったらあんた困るでしょう
死んでみなければ判らないとごろ寝している亭主
　は言う
おれも今日は完全に休む
おれが死んだらオマエのほうがもっと困るでしょ
　う
それで静かな休みの夕がた
腹の減った亭主は廊下で足の指を椅子の脚にぶっ
　つけて坐りこんで
足を抱えて体をゆすって、痛いいと言った
見ると血だ、血が出たと言うと女房が出てきて
いちいち血なんかで騒がないでよ、あたしなんか
　と言いながら
トイレに入ってきゃあと言った
隅に異様に脚の長いクモが巣を張っている
きゃあと言ったのに女房は長いあいだ入っていて
完全な休みにも女の店を張っている
亭主のほうは痛くて縮まる
こんな少しの傷でこんなに痛くて、死ぬときはど
　うすると思って
死ぬまでにどの位痛い思いを
どの位の時間何回位しなくてはならないか

それでその間も食べていかなくてはならないし
死んだら死んだで後の者が食べていかなくてはな
　らないし
それで痛みが薄らぐと暗くなった廊下の鏡の前を
　通り過ぎて
一瞬ぞっとするものを見た
クモ色の皮膚としわ、引っこんだ眼窩
「もう生きているようには見えないぜ」

夏のどん

亭主は朝から物を探して歩く
物は一人で歩かない、置いた場所にある筈だ
どこかであれを見なかったかい
女房に聞いたが見なかったと言う
あれがないと困るあれがないと、
だがすぐ要るものではないから
落ち着いて思い出せばいい、
忙しいからうっかりしただけだから
でも忘れるといけないから置き場所は決めてあっ
　たのだが
もしかして女房（だらしがない）が使ったのかと
　思ったが
手鍋の中はお湯だけ煮えていた
なお探していたら昼過ぎトンカチが見つかった
それで釘を探して椅子のゆるんだのを叩いて直し
　た

だが探し物はトンカチではない、
あれ見つかったかいとまた聞いたら
女房はあれって何だと言う
あれって何だとは何だいまごろ、
あれはあれじゃないかほら、あれだ、ええと、あ

れエ？
目を上げる暗い天のかなた
あれは一度も形を現さないまま消えている
どんと空しく亭主はトンカチで椅子を叩いた、
かなたに網目模様の稲妻が走った
網目模様にひび割れた頭が音もなく立ち上がる

日が暮れる、亭主は探し物を探して歩く
探し物が判ったらあとはそれを見つければいい
それまでは探し物があると、そう覚えていればい
い
忘れないように探し物、探し物と唱えていること
だ
それでいいのかい、本当かいと意地悪く言われた
　気がして
本当だとも、と亭主はうなずく、
自分に言い聞かす、首すじを汗に汚して
本当だとも、本当だとも、本当だとも

さんさん

じーっと立っている女房の前に
さんさんと陽が降って
道に反射してケースに反射して
七十歳位の女のお客さんの顔に当たって
お客さんは輝く顔で
ケースの中を透かして見たり
ケースの上に目を移したり
顔を上げて何か言おうとした鼻先に
七十歳位の女の人が顔を突き出して
あのちょっと、駅はどう行ったらいいんですか
思わず女房が教えてあげると
有難う、そしてさっさと立ち去るそのとたん

お客さんの形相がきりきりっと変わって
去り行く人の背をはったとにらみ
あたしのこと肘で、こう、押しのけて
人を何だと思っているんだ、あのばばあ
吐き捨てるごとくに言ったので
七十歳位の女の人はばばあであり
おばあさんをおばあさんがばばあだって、と
笑う女房はばばあであり
ばばあがばばあに反射してさんさんと
道遠く反射してまた反射していく

わあ

いい天気の朝七時、怒鳴り声が何度も街に響きわたる
見下ろせば歩道の真ん中に大の字になった男
白ワイシャツに眼鏡の若いのがわあーっと言って
首を振って、眼鏡の中で目をつむって、開いて
顎を上げて、またわあーっと言う
かれの内なる声は外に出せばただのわあである
ただ何回も繰り返すほどのものである

午後は曇り、女房がわあと言って駆け出したと思ったら
片手に赤飯パック二つ、片手に中年の男の背広の裾を引っ張ってきて
亭主に向かってあんたっ、万引きだよっ
なすすべなく立っている男へ向かって
そり返ってわあわあわあわあ、わあわあわあわあ
男は頭を下げて低い声で、すみません
ついうっかりしてたんです、ほんともうすみません

わあわあわあ、わあわあわあ
人が振り向いて通っていく
口ごもっていやそんな、私はこの辺は始めてです
　から
わあわあわあわあ、わあわあわあ
それから後で亭主に言った
なんであんた引っ込んじゃうのよ
気がついたらあたし一人じゃないか怖いじゃない
　か
だってあんな分別ありそうなサラリーマン風がさ
なんだか気の毒で顔を見ていられなくてさ
あたしはオニババかい
だってだんごでもどらやきでもないんだよ
赤飯だよ、家に腹が減っているのがいるんだよ
あの男今夜眠れないと思うよ
だからさ、あたしはオニババかいっ

夜雨になった
バーナー屋が部品を持って入ってきたと思ったら
　大声で
家具屋が潰れた道具屋が潰れたとしゃべりだす
問屋がなん軒菓子屋がなん軒、潰れた潰れた
わあわあわあわあ、わあわあわあわあ
亭主はあいづちをうつひまがない
金を受け取りながら領収書を書きながら
わあわあわあ、わあわあわあ
わあわあわあわあ、わあわあわあ
この男は躁病になってしまったのではないか
バーナー屋が行ってしまうと雨が強くなった
「さびが　ざりざり　はげてる　やねを
やすむことなく　しきりに　たたく
ざかざん　ざかざん
ざんざん　ざかざか
つぎから　つぎへと　ざかざか　ざかざか」*

みんな黙って聞いているのだ

＊　山田今次「あめ」から

真っ黒に焼けたアイロン

夜中女房がテレビで英会話の勉強を始めた
いまに一人で外国へ行くんだと言う
「別れる準備ですか」
だがいつの間にか止めてしまった
夜中亭主はめしに納豆をかけて食っている
女房はアイロンをかけている
昔大学へ行きたくて夜中参考書を開いていた
だがいつの間にか止めてしまってアイロンをかけ
　ていた
簿記の本を読みだしたがいつの間にかアイロンを
　かけていた
そのようにアイロンをかけている
一昨日も昨日もかけられなくて朝も昼も夕がたも
　できなくて
夜中真っ黒になって真っ黒に焼けたアイロンをか
　けている
「あなたにとって大事なものは何ですか」
「アイロンだよっ」
原始女は太陽であった

アイロンに唾をつけてあちいと言った
その手をふり上げれば招き猫のようだ、真っ黒な
しわも影も蒸発したまっ白なシーツに
背中を曲げてアイロンをふり下ろし
ふり下ろしては真っ黒な手とアイロンをふり上げ
　て

こい　こい　こい　亭主を招く
亭主の場所に座るとめしに納豆をかけて食べだし
　た
亭主がアイロンをかけるのを見てへたくそと言っ
　た

塩ジャケの煙

亭主は休みには一日眠る　ときどき起きるが
夜まで眠る　眠れば元気になるかというと
そんなこともなくて眠る
午後三時誰かれは怒鳴られているか
怒鳴り返せないでいるか
人に優しくしているか胃薬を飲んでいるか　そう
　思うけれど
それで元気を出すのはむずかしい

起きて女房が凄い顔でくもり空に塩ジャケを焼い
　ている
環境が人をつくるんだと言う
スーパーで魚屋さんに会ったよ
商売をしていた頃はきつい顔だったけど
勤め人になった今は穏やかな顔になってたよ
あたしも人に言われるんだ
奥さん悪いけど年取ったらふっくらしていい顔に
　なった
前はきつい顔できつい声で話しかけるのが恐かっ
　たって

アーソーカイ
亭主は両手を広げて片足を上げて、目をつぶって
オマエこうやって三十数える間動かずにいられる
　かい

いられないと問題なんだってさ
言いながらぐら、ぐらすれば
女房も両手を広げて片足を上げて、目をつぶって
とたんに足を着いてしまって
くたびれているからだ
あたしがくたびれているのはあんたがしっかりし
　ないからだ
問題なのはあんたであたしじゃないや

亭主はそれで少し元気が出る
勇気を持ってあくせくしようお互いに
休みの前夜はもったいなくてなかなか寝ない
休みの夜はもったいなくて起きている
眠い労働の朝になるのは判っているが

ふつうだから見な

女房が手を動かしながら、
目が吊るように頭が痛いと言う
どこへ行ったらいいだろう神経科か眼科か脳外科
か
亭主が手を動かしながらあのな、
ふつうはいちばん先に風邪を考えるんじゃないの
か
あんたは何かといえばふつうはふつうはって、
ふつうは心配するもんだ
オマエはふつうを飛び越えて心配するんだよ
あんたはいっつも軽く見るんだ、
悪いことかも知れないのに、だから見な、
おじいちゃん死んじゃったじゃないか

いきなりそんなに悪いことはめったにないんだ、
八十七年に一回だ
そんなことないよ大館さんの奥さん五十二で手遅
　れで死んだんだよ
じゃあ脳外科へでも行きなよ、行けば安心でしょ
う

あたしあの奥さんきっと苦労していたと思うんだ
どっちか苦労している方が先に死ぬんだ、
おばあちゃんだってそうだった
だから見な、あんたの仲間たいてい奥さんが先に
　死ぬから
昨日あんた飲みに行った間だって、
いっつだってあたしは働いているんだっ
見なよ、奥さんがぽっくり死んだとこの亭主をさ、
苦労ばかりかけたって泣いてさ、
泣く位なら何で生きているうちに楽をさせないの
　よっ、

あんたあたしの命を消化しているんだ回虫みたい
　にさっ、
何とか言いなよ何とか、
あたしにもっと楽をさせないとあたし死ぬよっ
後悔しても遅いよっ

女房は熱い照明の下で
両手で手すりに掴まってこぶしが白くなるほど握
　りしめて
釣り上げられた魚のような口をして
肛門から入れられる管が長い長い
さあ検査しろそっくり全部、凶か、吉か、神様
一〇〇入った　二〇〇入った　三〇〇入ったと医
　者が言ってる
あたしの大腸三〇〇メートルだって！
グリコじゃないんだ万歳するな、単位はセンチか
　ミリだろうが

頭が痛くて何で大腸を検査したんだ？
頭はもういいの出血したの
オマエ痔でしょう、先に痔を心配しないのか

鬼志別

夜女房は座敷中洗濯物を広げてたたむ
亭主のズボンもステテコもひざが出て湾曲してい
て
くせの悪いのが強情で直りゃあしない
ぱんぱんと叩くと影のごとく背中を汗が伝い落ち
る
女房はタオルを摑んで両手で胸を拭く
どこかでばたんと戸が閉じて
道路を猫がゆっくりと横切っていくのが見える
老いて毛が抜けて、骨と皮ばかりで、油断なく耳
を回している
一生は楽しいものではなかった

そうだ、昼間銀婚おめでとうございますと
記念の写真を只で撮るという結婚式場の通知が来
て
亭主は撮ってもらいに行こうと言ったが
女房は行きたくない、なにが記念だ、
この二十五年ずうっと我慢ばかりだったじゃない
か
ステテコがまだある、たたんで叩く、このやろこ
のやろ
イテ、イテと男が下で体を反らしたり曲げたり、
しやがれ
ズボンもまだある、このやろこのやろ
ポケットから出てきた紙屑の玉を窓の外へ放り投
げると

亭主が息せききって駆けてきた
切符がなかったか切符
もう廃止になってしまった、
北海道の天北線鬼志別駅の入場券
おれたち二十五年目の旅行の記念の、さ

銀行員

ヤカンを火にかけているとブザーが鳴って
銀行員が濡れた傘を下げてこんにちは
お役に立てることはないかと思って　チェと言う
はあ　あるある、あんたんとこにうちの娘入れて
　くれ
上がりがまちに腰をかけて
チェ　今日はノルマが百万なんです　チェ
五十万でもいいんです　チェ
話のあとさきのチェは
無意識の闇の音であるか
おれをばかにしているんだろうか
はあ　あんたどこの大学なの
○○大学です　チェ
はあ　うちの娘△△大学ていうんだけどだめかね
借り手はあるもんなんです　チェ
どこかに　チェ
言ってもしょうがないけど
言ってみるかと
言ってみたらやっぱりしょうがない
立て掛けた傘の先からタタキに水が広がっていく
　ではないか
雨の音がしていない
はあ　雨がやんだよ
やみましたね　チェ

ヤカンがシュウシュウと音を立て始めた
ヤカンが沸いていますよ　チェ
はあ　お湯が煮えくりかえっているんだよ
すいません　チェ
じゃあまたと彼がドアを開けると雨が降っている
銀行員は雨を見上げて傘を
バサバサバサバサ羽ばたかせた
おれだってもう来ないと思ったことがある
離脱だと思いながら歩きだしたことがある
バサバサよ
飛翔の夢の残りかすよ

ゴミ袋

おれの胃はゴミ袋だあ
と店先で小さい男が言っている
なんでも入れちゃう、だから胃が悪い
大きいのがあはあは笑って
おれの胃はもう少し上品だと言っている
酒を飲んで甘いものを食べるから胃が悪いんだ
それが旨いんだよ
二人並んでビニール袋をぶらぶらさせて
歩いていくのは好き嫌いはない生活である
出されたものは何でも食べる
出されなければ弁当やカップラーメンを買いにいく
牛丼やハンバーガーを食べにいく
食べ残すのは無作法である
そう仕付けられた
ぐずぐずしているときょうだいが食べてしまうから
半生を一貫して食べるのが早い
早いことについて少し悲しく思っているが

食べ終わるまで手と口が止まらない
入れるのは食い物
出すのは糞
その間健康の不安にうずくゴミ袋
もう少し上品な袋
ビニール袋に手をつっこんで
今買った菓子を取り出して食べている
ゴミ袋捨てるなよ

おれの胃はゴミ袋だあと
おれの胃はもう少し上品だあが
交差点の向かいで別れるころ
釣銭を忘れていったのに気がついた
自転車にまたがって追いかけた
私の少し重い袋がうずく
道端で朝の陽にさらすと
カラスにつつかれた跡があるかも知らん

ゴミ袋を蹴散らして自転車をこいでいく
歩行者信号が車を止めた道路の
飛行場のような空間を
おれの胃はゴミ袋だあが斜めに渡っていく
「お客さあん、おーいお客さあん」
こぎ寄せていくと真ん中で振り向く顔が
何か悪いことをしたかと思っている

食べちゃいましょ

女房は料理に熱心でかごいっぱいその本や雑誌を
　持っていて
赤い夕陽に照らされて料理して
ぐったり座って汗を拭いて一緒にめしが食べられ
　ない
亭主と息子が食べちゃった後一人で食べる

息子がいないと手抜きして
魚肉ソーセージ入りの野菜炒めだけ山ほど作る
今日はこれで食べちゃいましょ、と座って一緒に
　食べる
つまり手抜きが家族の食事であるが
食べきれるわけがない
明日今日はこれで食べちゃいましょと言う

亭主もいないときは何して食べる
電車に乗って病院で兄の背中をさすって
もうひとつの病院で母親の背中をさすって
オリオンのまたたきを見上げて帰って
家に電気を点けて野菜炒めの前に座るのだ
〈たべる　こと　が　さほど　だいじな　こと
　で　ないような　き　が　する　ひとりっきり
　の　あさ〉（すのうち　しんじ）
そうね

未来のあたしかもね
今日食べちゃいましょを食べながら
お刺身食べる？
おとといのだけど冷蔵庫に入れておいたから、な
　んと言う
食べちゃった後買ってきたコーヒーを入れる
このコーヒーおいしいでしょと言う
それはいいがなぜそう怒った声で言うんだい？

ぐりぐり

帰省した息子が顔色が悪い
こたつで背をまるめて
みぞおちの下にぐりぐりがあると言う
「医者に診てもらえ、明日いちばんで行け」

骨かも知れないと女房が言った
妹がね
この間おっぱいのところにぐりぐりがあるって
大学病院に飛んで行ったの
そしたら先生がおっぱいを押して
これは骨です、だって
あたしもうあの病院に行けないわ、だって
息子は立って私のみぞおちの下をぐうっと押して
また押して、ないなあ
「当たり前だ、こんなとこに骨なんかあるもんか」
だけどおれぐりぐりがある
長さが一〇センチ位
「？　とにかく明日いちばんで行け」
息子は朝いちばんで飛んで行った
叔母さんのおっぱいのぐりぐり
あのう先生、ぼくのも骨じゃないんでしょうか
先生がぐうっと押して

そうですね、骨ですね、笑いもせずに言ったんだ
と
「背骨かね」
仕事が始まり季節は移る
ぐりぐり
女房はこめかみを揉みながら
兄さんが死んでもう一年ねえ
酸素マスクの肺ガンの男が混濁した目を見開いて
胸をふくらませてはへこませているのが
気がつくと止まっていた
ぐりぐり
がばと起きかえって
先生のとこで注射してもらったとき
後で絆創膏を剝がしたら、全然別のとこから血が
　出ているの
いつかおじいちゃんの往診に来てもらったら
聴診器を忘れていった

その前は血圧の機械を忘れていった
大丈夫かなあ
「さあ」

これヨーシ

夕がたは寒くなくいよう
重ね着をして、ガスを点けて
熱いうどんをいっぱい食べて
こたつにもぐって汗をかこう
昼間修理にきたガス屋は
愛想がよくて太っていて、しかし年を取っていて
帰るとき忘れ物がないかとどこか懸命な目で
これヨーシ、これヨーシ
箱の中、家のあちこち、いちいち指差称呼して
ガス探知機を忘れていった

冬の風景は鯨幕のようだ
たとえば着膨れたキタキツネが
飢えて樹木の根元を伝い歩く
その樹木はアルツハイマーの脳髄のように痩せて
　いる
私たちはそんな風景に向かうのだ
これヨーシ、これヨーシ
準備したものを挙げていくと
準備していないものが増えてきて
ウッと吐き気がした
いままでにこんなことはなかった
落ち着け落ち着けと自分に言いきかせて
今日いちにち何を食べたか考えた
これヨーシ、これヨーシ
変なものは何もない
では自分の中に変なものがある
目の前暗く立ち上がって手洗い場で入れ歯をはず

すと
ゲッと吐き気
そうか　今日初めてはめた入れ歯
不安は氷解したのである
ではあるが以後
死ぬまでの年月私はこの異物とつき合うのである
吐き気か入れ歯、どちらかに慣れていくのである
入れ歯元年年の暮
私は忘れ物をしている
きっとしている
すると女房がいいじゃないかと言う
忘れ物なんかほっときな
そんなひまがあったら働きな
うちに来る人はよくものを忘れるよ
電気屋は電流検知器を忘れた、銀行屋はハンコ
女子高生はコンドーム先生は通信簿医者は聴診器
それだってなんとかやっているだろう?

クリスマスイヴ

春には赤い花が咲く街路樹の
梢に残った最後の一葉が揺れている
瀬戸物屋の店先にビラが一枚
コワレヤスイと揺れている
のでなくてコレハヤスイと揺れている
昔春店先いっぱい
コワレヤスイコワレヤスイコワレヤスイではなく
て
コレハヤスイコレハヤスイコレハヤスイと揺れて
いたのだ
でも新しい紙で
コレハヤスイの最後の一枚
何回も取り替えては貼っているみたい

きっとそのうちまた増えるコワレヤスイの
最初の一枚なのかも知らん
季節を間違えたのかも知らん
ことしも暖冬
きっとまた真冬枝の先にプチプチふくらみができ
るのだ

日曜日は広場で救世軍のご夫婦と若いのが何人か
風の中でブカブカドンドン
♪信ずるものは救われる　みんな救われる
昔若いというのは仕方ない
♪信ずるものはだまされる　みんなだまされる
歌って通ったら「ちょっと来なさい」
ご主人に声をかけられてわらわら逃げた
いつだったか、八百屋さんのおじいさんが亡くな
って
八百屋さんは真言宗だがご近所だ

制服の奥さんがやって来てお焼香をしていった
お返しは貰わずにいったのだったか
貰っていったのだったか
いつかは紅白まんじゅうの注文をくれたから
近寄ってご主人にどうもと挨拶したら
「ちょっと聞いていきなさい」
「ちょっと用がありますもんで、すみませんっ」
四十五年ここにいて信者が何人獲得できただろう
か
注文が来なくなったと思ったら
今日夕がたの交差点で知らない制服が四人
きれいに演奏しているクリスマスソングである
救われた魂よ
入院したのなら充分な医療保障があっただろうか
定年だったのなら充分な退職金が貰えただろうか
救われない魂は具体的で淋しいよ

買いもの

買いもの行くよ
毎日行かなくてもいいだろう
ちょっと行ったっていいだろう
暮れだぞ、五分もかからない所へどうして毎日一
　時間半もかかる
文句言うならあんた行きな
山芋を買ってきてくれ

山芋の白いぬるぬるは所帯の象徴であるか
女房は缶カラをひっくりかえして散らばった小銭
　をかき集め
ポケットに押し込んで出て行って
一時間半過ぎても帰って来ない

冬至の晴天がおだやかに暮れていく
箱のふたの外れる軽い音がして
「帰ってこい」　声が響いた気がする
どこへ帰ればいいいんだ
昔子供がチンドン屋について行って迷子になった
今通る美人の後をついて行ってみたい
水道の蛇口を締めたらぶるっとふるえた、ぶるぶ
　るっと

歯医者に行くなら亭主に聞いてから行けばいいの
　に
嫁に来た当時女房は黙って出かけていって
顔中腫れ上がって戻ってきた
この土地の歯医者はだめだ、この土地の人間はだ
　めだ
この家もだめだ、だめだだめだ
集団検診にも一人で行った

とつぜん天地が暗くなって豪雨になって
その中を女房は口を開けて泣きながら駆けて来て
家に飛び込むと大声を出した
体中シャツが張りついて水を垂らして
タオルで顔を拭いた後どこから拭いていいか判ら
　ない
けたたましく笑った
前世が流失したごとく
女房はそれから亭主の家に落ち着いた
ビニール袋と山芋を持って歩いている

迎えに来てと駅から電話してきたことがある
いつもと違う出口に出たら道が判らない
姑が徘徊する後をついて歩いたことがある
「帰ってこい」　響く声に導かれる者は速足で
立ち止まると二人とも道が判らない
暮れだというのに何を考えているんだ
何も考えていないよ、いないから居られるんじゃ
　ないか
女房はビニール袋と山芋を持って
「帰ってこい」　響く声に背を向けて戻って来る

†

今日はどこでも

駅に降りたら何でもいいからホームのいちばん前
　まで行くの
そこに階段があるからそれを上るの
上ったら何でもいいから右へ真直ぐどんどん行くの
そうすればいやでも改札口に突き当たるんだから
そこにあたしが待っているんだから
いいわねお姉ちゃんと妹は言ったのだ

しかし階段の脇を通って前へ行くとホームに人が
　少なくなった
「人の少ない所には何もない」と内心の声がささ
　やいた
引き返してさっきの階段を上ったら右も左も突き
　当たりは壁である
また戻って思い切っていちばん前まで行ったら階
　段があるので上ったが
「人の少ない暗い通路に改札口はない」と内心の
　声がささやいた
急いで引き返してまたさっきの階段を駆け上がっ
　て右へ行って
見下ろすと別のホームである
またいちばん前へ駆け戻って階段を上って
何でもいいから右だと言われたのを思い出して右
　へ歩いて行くと

「何だ突き当たりに開いたドアは」と内心の声が
　言う
「倉庫じゃないか、改札口はさっきのホームの先
　にある」
くるりと振り向いて急いで引き返そうとすると
背後でお姉ちゃーんお姉ちゃーんと大声がして
妹が手を振っている、どこ行くんだよー、
さっきから何してるのよー、こっちだよー、こっ
　ちだよー、

それはずいぶん昔のことだ
朝女は老けて晴れた道を歩く
今日は真直ぐ天国へだって行けそうだと内心の声
　がする
昔と同じく何の根拠もないけれど
昔と違って自信なげな細い小さな声だけれど
こっちだよー、

もう引き戻そうとする声はない身は軽い

冬の蟬

午後の電車の窓から
流れていく窓々を眺めていた
あらかたは閉まっているが
患者が医者に舌を出すように
薄陽にふとんを出していたり
ピンクや黒の洗濯物を出していたりする
おむつをいっぱい吊るした窓がさっと流れ去った
赤ん坊のものを出した窓すらごく少ないのに
いまどき紙おむつを使わないで
布のおむつを使っている
そんな窓は降りる駅までほかになかった

おむつの窓のあたり風はなかった
それはどういう配剤なのか知らん
風の強い駅前でバスを待ちながら
あの窓に冬の蟬が止まっていると思った
夜赤ん坊は泣いて泣いて泣きまくり
若い母親は背中を折っておむつを洗って洗って洗
　いまくる
そのとき蟬がジイジイジイ
大きな脈打つものにしがみついて鳴くのだ
母親がおむつを取り込んで
眠りの中の赤ん坊の
両掌が無心に合わさっている傍で
アイロンをかけて畳んで重ねて
とろとろと居眠りをするときも鳴いている

これから吹きさらしの農地の隅にある病院に行く
そこでも冬の蟬が鳴いている

そこでは風の中で風より大きく鳴いている
言葉なくじっと動かない人に
言葉少なく話しかけ立ち上がり　座りする人が
ふと目を投げてはそらす窓や天井の　どこか
まっ黒いのがジイジイジイジイ鳴いている

風の日

風の日
わあという声が自転車に乗って飛んでいく
道を外れて真横になって　復元
またまっすぐに飛んでいった
たとえば人の見舞いに行くという程度の予定でも
風が強い位ではこわれない
大地震では全部こわれたが
しかし二年経って復元した人の
予定は今こわれずにいるだろう
私は立ち止まったり
腰から先に駆け出したりして
見舞いに行った
なにひとつ予定はこわれず
人は駅に出入りしている
電車は動いている
システムは動いている
天にシステムがあるなら天のシステムも動いてい
る
その人はふいに予定を全部こわされて
二年経っても沈黙して
胃に管を差し込まれたまま動かない
晴れれば晴れの
雨なら雨の
風吹けば風の挨拶して
家と病院を往復する奥さんの視線は動かない

天の風の下
ただ今日はその人の手がすこし動いて
ジャンケンをした
遠い復元に向かって

身構えて

どんと突き上げられて畳がぐらぐら壁がみしみし
地震だと騒音の中飛び起きて
一瞬、低く身構える
通りは土埃、電線が大きく振れている
来た、とうとう来た大地震
脈絡もなく知友の顔がチラチラしたが
そのうち揺れはおさまってしまった
猫は車が来ると一瞬止まってしまう　そのように
本当に大地震だったら私は潰れたに違いない
しかし来たのが何だか判らなければ
身を低くして伺うしかないではないか
自分の力がおよばないものへ
五感を開いて、凶か吉か

思えば私はそのようにしていくつか夢を得てきた
妻、それから七年目の赤ん坊
息子への内定通知、息子の嫁さん、それから孫
それからいつからか知らんそのようにして
次々に日々を失いだした
母、永遠に在ると思っている母との日々
父、父と共有している日々
そうして嬉しいときには少しも思い出さず
悲しいときに限って顔がチラチラする
そんな知友があることに気がついた
得てきた夢とも失った日々とも全部一度に別れる

とき
やって来たのがそれだったら
それが最後にかれの顔がチラチラするだろうか

脇で身寄りが身を固くして
日々を失いだしたと思うだろうとき
かれは遠くでいつも通りだが
そうと知れば私の顔がチラチラするだろう
それは私とかれをつなぐ微かに細い糸である
時間と空間を違えた隣り合わせで
とうとう、ああとうとう、と身構えたその瞬間
チラチラ無数の顔が行き交った
互いにどんな力になるともみえないが
チラチラ微かに確かにつながっている糸である

＊98・02神戸を励ます会で朗読

いいじゃないか

要らないものは捨てないと自分が潰される
要らないものは捨てようと夫婦で相談したら
亭主の死んだ父親の垢のついた鳥打ち帽
それがどこにもない
あたしが捨てたらしいと女房が言った
鳥打ち帽に潰されるってか
家がひっくりかえりそうな喧嘩のあげく
おれの親のものはおれが捨てると亭主は言った
よすがに残す鳥打ち帽ひとつ　そう思っていたが
それはもうないんだ
民家園にはサムライの家や名主の家が移築されて
　いるが
三反百姓の家はない

時代の庶民はこのようにして消えるんだ
ふとんをうんと捨てるということなんだ

では捨てよう
端切れ一つもしまっておいた親の時代
時代の庶民は貰い手もなく買い手もない
浴衣　角帯　着物　袴
唯一戦災をくぐり抜けた子供用みたいなモーニング
みんなゴミに出す
いつかの年　長寿の色だと両親に買って来た紫色のふとんは
粗大ゴミに出す
見ろ仰天の星
きょうだいたちが泊まるためにとっておいたふとんは
一組半残して粗大ゴミに出す
もう大家族は戻らない
核家族に変わるということは
ふとんをうんと捨てるということなんだ

金を支払ってゴミに出す
このようにしていつかおれも捨ててくれ
「大地震が来たと思えばいいじゃないか」
「桜の頃民俗資料館で会おうよ」
亭主が振り向くと女房が廊下に黒く座っている
時代の庶民は薄い存在である、と思えば
薄焼きせんべいなんか食っている

目印

店にぼんやり座っていると
陽ざしの中からおばさんが現れて
あたしが誰だか判りますかと言う

くたびれた皮膚に埋もれ残っている
幼友達の眼と口元
ビルだらけになっちゃって、生まれた家の跡も判
　らない
帰ろうとしたら、この店の名前を見つけたと言う
そのほそぼそとした目印で
互いの背景を推し量る短い時間
もうお会いすることもないでしょうけど
あたしを知っている人がいてうれしかったわ
そんな声を残して人が去っていく
わたしの街

昔木造二階家は窓と窓が向き合って音が抜けた
ゆうべは仲がよかったねなんて朝の会話もあった
いまはビルの壁と壁が向き合って
お隣さんは五階からいつ降りてくるのか判らない
夜中とつぜん商店街のスピーカーからハワイアン
　が流れ出る
事務所は無人、役員の店も無人
一時間ほどで止まって騒ぎも起きない
路地の奥に残った木造二階家のアパートの
一人暮らしのおばあさんだけ朝通りに出て
大きい声で誰かれに声を掛けて
昼も出て夕がたも出てあたりを見回して
老いていく

静かな裏通りの小さな弁当屋の
目印になるのは角のまだ新しい白いマンション
二階にも三階にもふとんがいっぱい干してある
青いふとんと赤いふとんの陽なたのでこぼこ
小さな子が見当たらない
ビルは人より老いるのが早い
五十年後に建て替える金があるだろうか

カーキ色のジャンパーの袖を出してお金を出して
くださいと言うところを間違えて
いらっしゃいませと言ってしまう
弁当屋のおばさんは汗ばんだ表情を変えないが
ちょっと美人のパートの奥さんがちょっと笑う
わたしは家族がいるので
それ以上買いもので口数を多くすることはない
弁当と釣銭を受け取って自転車をこいでいく
老いていく
わたしの街

その角を曲がって

一人の少女が
もう一人の少女におめでとうと言って笑った
入試に失敗した少女が、合格した少女に
私たちはささいな挨拶に
さまざまな思いをこめるが
思いは必ずしも相手に伝わるとは限らない
ただ自分は
どのような事柄の後に、どのような挨拶が言えた
　かと思い
どのような事柄に囲まれて、どのような挨拶を言
　ったかと思う
紋切り型の挨拶がそのようにして記憶に残り
そのたび自分が、道の角を曲がると風景が変わる
その程度には変わってきただろうと思っている

少女たちは別れ
一人の少女は大きな建物に沿って歩きだした
一つの風景がこわれる
ものはいつもこわれたがっている

歩いていくうち不意に
どれもこれもゆがみだすかも知れない
少女の足はしだいに早くなる
眼のふちも、鼻の頭も耳たぶも赤くして
その角を曲がって

風景が変わる、私たちはそう思う
ほんの少し、とるに足りないほどだが
少女は体の先端をみな、研いだように見える
風景が研ぎ出される
少女は緊張して、そこへ踏み出すように見える

＊82・03バイトのM子へ

夜外へ出る

アズキを煮る
水がだんだん熱くなる
だんだんだんだん熱くなる
「石川五右衛門はさぞ熱かったろうな」
びっくり水を入れる
石川五右衛門はラクになる、ちょっとの間だけだけど
それから黒くなってくる怒りのように
煮えたぎったのを上げて冷水をぶっかける
音たてる湯気の下これはなんという色だ
また煮てやる　柔らかく笑うような匂いが流れだす
煮られてやる　対流に乗って循環しながらつぶや

きながら
中身から溶けていく気配
外へ出る
月皓々と鋭い街燈の針の列の上

公園でブランコがキイキイ、キイキイきしんでいた
ブランコには子供の見開いた眼が揺れていた
大きくまた小さく樹と空が揺れていた
それもこれも早くもならず遅くもならない
昨日のようだが実は前世のことである

公園脇のトラックの中に知人夫婦が並んでいた
おい金はと声をかけようとしてかけられず
通り過ぎたばかりに行方が掴めなくなった
以来煮える匂いばかり鼻につく
前世のようだが実は昨日のことである

匂うか
袖に鼻を寄せてみると匂わない
寒さは匂いを体内に閉じこめる
ぬるめば流れだす
営々と営々とえいえいえいえいと
匂いを引っ込めたり出したりする
アズキと石川五右衛門と私である
疲労の山脈である
月の光も届かないのである
「山は雪だんべえ」
五八歳の靴屋が山好きで
週に一度山へ行くと言った
おれも連れてけと私は言った
夜雨の中足がつって遭難しかかったことがある、
おまえ足の神経痛を治せるか
歩く訓練するか

するすると私は言った
見方を変えれば日々は
営々と営々とえいえいえいえいと訓練の日々であ
る
見えないけれども山脈は白く輝いているのである
アタック！

花嵐

空は雲が走り家の中はクモが走る
お客さんが風に押されて来る
奥さん仕事はノルマだと言う
ノルマをこなせなくておれクビになって
探しているんだ、あんなにいやがっていたノルマ
をさ
そして男は怒鳴る風の中

お釣りが一円？　いらないよ、どうせおいらは一
円玉の人生さ
埃と髪が巻き上がる
うわ、ぺっぺ、叩けば埃が出る体だぜおれ、誇り
高き男だから
売上がない店の女房はうつむく、素顔だから
こんな話がおかしいかい？
あんまりいい人生じゃないんだね、あんたもさ
女房はもっとうつむく、入歯してないから
見ろ、ノルマがない店の先行き
月日を百台の貨客車が走り抜ける
どれもノルマだ資本主義だ

七十位の女の人がやってきた
おまんじゅう三つちょうだい
ごそごそ袋の中に手をつっこんで
あたし通帳がないんだ、ハンコもないんだ

いつもこの袋に入れてあるのに
郵便局の人が親切で
届けを出しなさいって言ってくれるから出してきたの
あんたに聞くわけにもいかないけど
いったいどこへ行っちゃったんだろう
あたしは仕事がすっかり終わっちゃったの
なんにもやることがない
どこへも行くところがない、つらいよ
あたし一人で食べると
オマエ一人で旨いもん食べるなって
仏壇の中からオトーチャンが言うの
だからオトーチャンに一つ上げてあたしが二つ食べるの
しゃべり納めて小さくなって
歩いていく資本主義の風の中
そっちへ行ったらあぶないよ、右翼が出るよ

おれこれ止めたら何して食う？　というのが口ぐせの
亭主は自転車で郵便局へ行って
自転車忘れて帰ってきちゃって
取りに行ってまだ帰ってこない
右翼が出たのかも

緑の桜

夜の道をTと私と女の子を中に歩いた
代わる代わる女の子が笑いそうな話をした
そのうちTはちょっと、と言って
電信柱に向かってなにをするかと思えば
立ち小便を始めたのである
赤色が緑色に反転することがある

たとえば小豆を煮ると沸騰した煮汁が濃い緑にな
る
温度が下がれば赤に戻るのだが
Tの恋心は緑色に現れた

緑色の桜の花があると知ったのは
それから四十年も経った春
墨田堤の一画、諸国雑多の桜の花の満開の中
緑の桜が涼しげに咲いていていた
「年々歳々花相似たり」
一念凝ったあまり
赤が緑に反転してそれきり
戻ることができなくなった
緑の桜

花の季節

自転車の荷台の上に立って、背伸びをして
玄関のひさしの蛍光灯を取り替えるなんて
もうそんなことはしたくない
機械屋の爺さんが大阪弁で指差称呼して
大型機械の搬入の段取りをしていたのを思い出す
「ゆっくりとまわり道するのは若い人の知らない
知恵です」
爺さんは知恵者だったな
玄関のドアを開けて、つっかえ棒をしておいて
通路のポリバケツと灯油の缶を外に出して
仕事場の仕事台を壁際一杯に押しつけて
物置から脚立を引きずり出して
仕事場から通路から引きずっていって

外に出て組み立てて
揺さぶってみて
登って
蛍光灯を取り替えた
すると広場が見えた
広場は花盛り
年寄りがもっと年寄りの背を抱えて
入口の低い四段の石段もゆるい登坂も登らずに
横の共同便所の方へ回っていく
置き放しの自転車や
共同便所の前をゆっくりと通っていく
その先に一群れのツツジが花盛り
紅と緑を映し、その匂いを吸い
またゆっくりと歩いていく
その先は広い道路　また歩みを止めた
横断歩道はずっと先
「月の砂漠をはるばると
二人はどこへ行くのでしょう」
根室の海の平たい小島には馬がいて
冬のあいだ雪と氷と颪の中に立っているのだとい
う
寒立馬
人も馬もいまは花の季節の花の中
その息づかい、その足取りで
まわり道くねくね

自転車

家に帰ると入口をよその自転車が埋めていた
私の入口を埋めて私に尻を向けている
庶民である
たとえば朝鮮人の強制連行には証拠がないと言う

尻

その尻に乗っかる尻
いまごろファミレスで手を振って笑っている尻
引きずり出せば
振り向く庶民の無表情な顔である
悪いことはしていないと言うのだこの顔は
全部向かいの広場に引きずっていって
勢いよく戸を閉めたら
指をブッチメて目から火が出た
指を抱えてかすむ目で二階へ上がりかけたら
階段で足を踏み外してグキッと言った
足を引きずって部屋の戸を開けたら
戸が眼鏡にぶつかって眼鏡がずれた
窓を開けようとしたら畳の上の重たいガラスの灰
　皿を蹴飛ばした
灰皿を取り上げたら足の指の上に落とした
それから畳に座り込んで
立ち上がって自転車を引っくり返しに行きたいが
　行かれない
身をゆすってイタタターイ
どいつもこいつもチキショウめと叫んだ
片手で指を抱いて片手で足の指を抱いて
「可哀そうに可哀そうに」
唾液はしょっぱい母の味
「イタイのイタイの飛んで行けえ」
それから雑巾を取りに足をひきずって流しに行く
と
雑巾はなくて鏡をのぞくと眼鏡がずれている
眼鏡をはずすとレンズが落ちて
カランカランカラン回って止まった
フレームとレンズを両手に持って　そして思った
娘の結婚式の日は
穏やかに過ぎるべきものである
窓を開けなくちゃあ

じつにそのとき外でわめく声がした
「おれの自転車どこへやった
どこのどいつだ、やい、出て来い」

夜来るもの

東ドイツ社会主義の崩壊のニュースが流れて来る
夜の向こうから自転車をこいで来る赤いコートの
　女がいて
背中の赤ん坊の首が折れているのを眺めていると
向こうもこちらを見ていて
通り過ぎるまで目を合わせたままで
気がつけばこちらはズボンのチャックが開いてい
　る
幼児大のビニール袋が風に吹かれて
通りを転げてきて標識に当たって
なお風に押されて暗闇に落ちて行く
軒伝いに猫が一匹やって来て
人を見上げて泣き自動車の下にもぐりこんで泣く
「帰れないぞう、戻る道ないぞう」
欲しい物は今夜も与えられない普通の生活

＊

コンビニは独立自営業者の敵である
だが夜中もやっている
男はむっつり餅入りカップラーメンとカップ雑煮
　に
魔法びんのお湯を注いで貰って箸も貰って
コンビニのコストを上げてやるのだ、
こぼさないように家まで持って帰って
起き上がった女房と差し向かいで食べて寝る
それは個人の楽しみで、

大手は寝ないでそんな楽しみまで作ったわけで
しかし独立自営業者は夜中は寝るので
寝て起きて働くくり返しが能なので
それだけ考えても独立自営業は滅びていくのだ
だけど言いたい、
餅入りカップラーメンにカップ雑煮、
ここに入っているお湯で溶ける餅とは何か
独立自営業の常識では餅米を搗いたのが餅だが
これはモチトウモロコシの澱粉だ、
独立自営業の常識ではこれは詐欺だが
大手の論理では常識だ、
喉を通る大手の常識
しゃくにさわることにけっこういける
向かいの終夜レストランの中でも客がたくさん
ごきぶりホイホイの中のごきぶりのごとく手を動
　かしている
けっこういけると言って彼等は何を見ているか
敵が見えないという人は幸せというほかはない、
零細独立自営業者に見えるのは敵ばかりだ

夜の向こうでわが敵は東ドイツ社会主義国を吸収
　合併した
喜ばしく自由の勝利を歌っているテレビを消せば
しんと耳の鳴る普通の生活があるばかり
交差点で信号の色が変わっているばかり
大手だけ建物ごと青くなったり赤くなったりして
　いる

陣場金次郎洋品店の夏

陣場金次郎洋品店の前を通ると
謹告　バンザイ閉店セール三十一日までとあった
バンザイバンザイバンザイと赤い短冊が

差し押さえの証紙のようにそこらじゅう貼ってあり、
金次郎二世店主が奥の商品の陰から
顔を半分出してこちらを見ていた、
試合中のプロ野球の監督のようだが
部下も客もいなくてかれ一人である、
親子二代六十五年のあいだやっていた店である、
何か買ってきたらと女房に言ったら
かの女はやだよと言う、
なんにもないんだよ欲しいものが。
セール最終日通ると客がいた、
今日は何でも買ってこいと命令したら、
傘を一本買ってきた。

赤い短冊の文句を我慢我慢我慢と変えて
我慢セールをしたらどうだったか
我慢の問題ではないがそう言ってみたい、

かれ金次郎二世は
孝行息子で勤勉な商人だった、
人に後ろ指さされるようなことはなに一つしていなかったと
そういう問題ではないがそう言ってみたい、
♪柴刈り縄ない草鞋を作り、親の手助け弟を世話し、
兄弟仲良く孝行尽くす、手本はにのみや、きんじろおおお

陣場金次郎洋品店のネズミ色のシャッターが降りた
そこに閉店ご挨拶のビラが貼ってなかった
ご挨拶というものは客に向かってするものだ、
その客がいなかった、どこにもだ
私の店はまだ閉めないまいにち天気を心配する、
今日は晴自分の頭の上だけ晴、

すると日差しにパラパラ雨が落ちてきた
狐の嫁入りだ

ギリギリ歯ぎしり金次郎は古い塑像のごとく
ぶくぶく深く沈んでいった
資本主義の海の底は金次郎でぎっしりだ、
たきぎを背負って本を開いている金次郎たち、
古い本を読み直しているのではないかと思う、
たぶんこういう出だしの本を
〈ヨーロッパに一頭の妖怪が徘徊している、
共産主義という妖怪である〉

夕べのわかれ

雑事が人を殺すということがある
音信不通の箇所が増えてくるとそう思う

暮れかかる通り
雑事の中に標識が立っていると思ったら人で
知らない顔だと思ったら歯をむいて笑ってきた
そうしたら友達が現れた
もどかしくもあわただしく会話して
「じゃあな」
雑事の中に埋まっていく
振りむくとこれも埋もれかかった手を振るのが見
える
君を笑う顔で憶えているよ
顔は笑うためにあるからな
さんざん苦しんで死んだ顔が笑って見える
歯がすこし見える
その恐ろしい朝の顔があったとしても

あとがき

八番目の詩集です。前の詩集を出してから六年、迷っていました。迷ったら初心に返れというので、返った初心をバネにして先へ当たって跳ね返って、またバネで弾んでまた跳ね返る、忙しさにくたびれてまた跳ね返り、これ以上立ち往生していると日が暮れてしまうのでふっ切りを企て、それでも迷って、ワニ・プロダクションの仲山清氏に作品の選定編集をしていただきました。仲山氏にはその雑誌「鰐組」と二冊の詩集刊行でお世話になり、よく知っていただいている思いがあります。ここには八二年三月からことし四月までの作品がありますが、雑多なテーマは大別して笑いとその他になり、季節にポイントを置いて配列されると私の笑いというふうに見えてきました。深くお礼を申し上げます。装幀は画家で詩人の内田克巳氏にお願いしました。ケラの会という詩話会でご一緒で、いつかはという望みが叶って嬉しいです。厚くお礼を申し上げます。

二〇〇一年四月　　甲田四郎

詩集『くらやみ坂』（二〇〇六年）抄

身重の坂

日盛りをピンクのマタニティが下りてくる
片手日傘をさしていちめん汗の照り返し
片手明日はちきれそうなおなかを撫でながら
泣いているような微笑みで
目をはるか虚空へ向けている
七十年前の母のアサの姿だと思う
三十五年前の女房のタエコ
六年前の娘のミホ
明日というものが途切れずに来るなら
二十年後の孫のユリでもあるにちがいない
身重の坂を下りてくる
女が途切れれば二重に途切れる明日があるのは
言うまでもないことだ
私は明日途切れなかった方の子供である

日盛りをピンクのマタニティが下りてくる
かの女は明日生むあかんぼの名を考えている
レン、ソウタ、ヤマト？　サクラ、ミサキ、リン？
でも私にひとこと言わしてもらえば
ヤマトは戦艦大和、水漬く屍を孕んでいる
サクラは愛国の花を孕んでいる
例えば六十八年前
死体累々の南京城頭に日章旗が上がり*
暗い夜の底で提灯行列が揺れたとき
民草の一人があかんぼにカツトシ（勝利）という
　名をつけた
それで民草でないカツトシ氏は
自分の名の意味は無視しているわけだ

身重の坂を下りてくる
かの女は知らないわよそんなこと
ジギャクでしょと言って笑う
かの女が考える明日の
あかんぼの名は明るい語感があればいい
初めから意味はない
私があると言っても意味はない
世の中は意味がないのがたくましい
サイレンも走らず煙も上らず
新聞にも出ない火事が起きている日盛りを
はち切れそうな命の重さ
ピンクのゾウがのっしのっしと下りてくる

＊一九三七年南京大虐殺

叩く男

空いた電車に空腹で座っていると
私に似た汚ないジャンパーの男がやって来て
私を見据えて実印を持っているかと言った
ちょうど持っていたのでギクとした
聞かないふりして目を背けたら
男はドアのところまで行って
ドアに言うには
寅さんは実印を持ってないんだ、うん
おいちゃんもおばちゃんもヒロシもさくらも
ミツオもタコ社長も工員たちも
みんな実印を持っている
だけど寅さんだけ実印がないんだ
聞かないふりをしながらなるほどと思ったが

なぜだか判るか？　と急に声が大きくなって
拳でどんとガラスを叩いた
寅さんとおれだけ実印がないんだぞお
もうどうでもいいんだあ寅さんもおれもお
檻の柵を叩くがごとくどん、どん、どん、どん
信号が赤になり電車の中が赤くなり
「無意識の領域の行為には刑事責任がない
刑事ではないが民事で賠償責任はある
責任はあっても能力がない」
男がこっちを見た
私はそこに男がいないふり
だが電車が止まり戸が開くと明るくなり
おれを危ないと思ったかい、手を上げて
お騒がせしましたね、と言って降りてしまった
恐いものがないだけのようだ

私は貴重品袋の中に実印がないのだった

テーブルの下の青い屑かごの中の
青いゴミ袋の下の青い貴重品袋
帰宅してそこに入れたと思っていたがない
ほかに記憶がない
記憶がないのは無意識だったということで
無意識の領域でこの手がどう動いたか探るのは難
　しい
そこらを全部ひっくりかえして
二階に行って大掃除して
駅で昨日遺失物の中にハンコがなかったか聞いて
交番で駅から家までの道順と時間を書いて
家に帰ってあちこち叩いて回った
叩いても出ないどん、どん、どん、どん
無意識の領域はただ暑く
私が危険に染まっていくのが判る

ひょいと気がして

青い貴重品袋の上に乗っている
青いゴミ袋をつまみ上げて
逆さに振ったらゴミと一緒にコロリ出てきた
ゴミ袋に実印を放りこんでケロリとしている
無意識の領域は恐いものはない
呆けの領域と同じ気がする
私に意識が戻ったら
恐いものもいっぱい戻ってきた

飛蚊症

私の飛蚊症は
目の中で光る目玉が動いて景色を隠す
音もなく賑やかに偏頭痛を予告する
私は景色がよく見えないが
私も目立たないたちだからちょうどいい

でも押されると困るから
階段は人に遅れないように下りる
天井の低い通路に電車が響き
カレーの匂いトンガラシの匂いを過ぎれば
明るく重い靴の音車の音
改札口を抜けてくる緑のスーツ
姪のノン子を見たと思った
だが冷たい目をした表情が少しも動かず
人違いかとそのまま過ぎた
しかしあの細い身体つき
コロコロ笑うノン子に違いないと思うのだが
あれは立ち尽す私に叱責を重ねていた顔
行き所を見失った私を避けて通った顔
あれはそういう顔だ
顔の使い分けはもう無意識のうちである
新婚でシアワセな筈なのにあれは
もしかして飛蚊症の顔か知らん

それが私たちの共通点か知らん
思いながら地下鉄へ下りていく
轟音と吊革に摑まって腰をつき出したり
反り返ったりしていると
偏頭痛が来た
私の姪　社会人ノン子
遠い国の戦争は見えないか?
私はものが半分見えない
不景気だけよく見えるか?

痛いよ

シンジョウさんのおばさんは
ご亭主に先立たれ店を売り
子供と二人店の裏に引っ込んでいたのだが
痛いよ痛いよ痛いよ痛いよ

わめきなから真っ昼間通りに走り出て
寝間着を乱してひっくりかえって
子供に引きずられてわめきながら引っ込んだ
ときどき家の中で騒ぐのが外に聞こえていたのは
あれは痛いよと言っていたのだ
弱った体が走り出さずにはいられない
どんな痛さかと恐かった

ツルサカさんのおばさんは手を伸ばして
干首のようになったシンジョウさんのおばさんの
額を撫でて
ああよしよしいい子だいい子だ
お眠りお眠りと言った
あの声を聞いてあの顔を見てはたまらない
あたしは思わずしょうばいの品物を引っぱり出し
て
広げたり畳んだり広げたり畳んだり

そうしてやっと心を落ち着かせたよ
そう言った
しょうばいものにすがりつく顔
広げたり畳んだり広げたり畳んだりする手つき
憑かれた仕草が怖いと思った

夜が明ける寒気がゆるむ
年収二千三百二万一千円以上の所得層の税率が65
　%から50%に
年収八百六十二万円以上が減税それ以下は増税に
　なる朝が来た
売上も銀行利子も期待できないで
しょうばいにすがりつく一日がまた始まる
しょうばいをやめたらすがりつくものは
ない
通りにさす朝陽に
シンジョウさんのおばさんの声がする

あれは助けてと言っていたのだあれは
カネがなくて医者にかかれない
医者にかかるカネをくれと言っていたのだ
だが助けるものは誰もいなかった
痛いよ
痛くない命を買うカネをくれ幸せを
その言葉が響いているのであった

ギゴ

買いものさっさと行きなと思う
人が見るからと言ったって
晩めしのおかず買うだけではないか
座り込んで鏡見て頭いじったり顔いじったり
見たって誰も何とも思わないとは言わないが
いちにち何回お化粧するんだとは思う

戦後物がなかった頃を思い出す
年上の女の人が何かといえばザブザブ顔を洗った
どうしてそんなに洗うの？
一日何回洗うの？　と聞いた
思えば子供は汗やら何やら
洗い流さずにはいられないものはなかった
顔を洗って隠すものもなかったし
化粧品がないから
顔を洗うのだとも知らなかった

大人になったら
手はいち日夜昼何回も洗う生活で
食べものを扱うときは手を洗ってくれと言ったら
いち日何回手を洗えばいいんだ？
昔の男は憮然として言った
田舎の言葉で強情なのをギゴと言う
ギゴである

マクベスの女房は血が落ちないと手を洗う
落ちないねえと言いながら手を揉み洗う
けれど見えない血は落ちない
そんな話は関係なくて私がいなければ手を洗わない
顔を洗うことがあっただろうか昔の男
♪人にゃ見せない男の涙
流しの下に置き忘れたクレンザーがすっかり固まって
匙でゴリゴリ削るこんなに固くなるには
人もずいぶん年を食うゴリゴリ
大雨に傘さして道にしゃがんで
コンクリに真っ黒にへばりついたガムを
削り取ろうと金べらでゴリゴリゴリゴリ
ちっとも落ちないで尻が濡れた
ギゴである
そのように顔が鉛色で上下に長く伸びてきた

と思いながら顔を洗った曇天
きつく拭いたが曇天
やっと買いもの行ったのもギゴである

出る

　シラサワの夢を見た。私が人を家に招いたのだろう、なんだかたくさん人が来て、誰かの後にシラサワが来たのだ、誰かを連れていた。顔を合わせてすぐあれ？　おまえ死んでんじゃねえかと私は言った。シラサワは私の中学からの友人で喘息で二十五年前四十五歳で結婚しないまま死んでいる。中学の友人ではヌカザワというのもいて十五年前五十五歳でガンで死んでいる。死んでから二人と何回か夢で会った。気がつくと顔を突き合わせて何かよからぬ相談をしているか互いにそっくり反って笑っている。シラサワとヌカザワ別々の時もあれば三人一緒の時もある、だけど私があれ？　と気がついて、おまえ死んでんじゃねえか。するとたんに表情を消して次の瞬間消えてしまう。私は夢から覚める。取り残された感覚を持つ。だけどその夜はシラサワは消えない、いいじゃねえかと口をとんがらがした、さっきヌカザワも入ったぞ。私は驚いてそうだったか？　そんじゃあと言いかけるとシラサワも連れの男もすっと入って誰だと聞くひまもない。まあいいや、友達の友達は友達だあ。その後から痩せた若い男が（どこかで見た顔なんだが）これも誰か一人連れて入ろうとする。えーと、おまえ誰だい？　おれおまえを知らないよ。すると男はシラサワの方を指さしてこの人の友達だよ。友達ならいいって言ったじゃないか。そうだったか？　あれ？　でもおまえも死んでんじゃねえのか？　すると男はそっぽをかいて死んでるとダメなのかとシラサワに聞く。シラサワの声がおれがいいんだからこいつもいいだろ。そうかあ、じゃあ入んな。とたんにすっと男とその連れが入り後から後から（不思議なことに男ばかり）入ってマエヤマがすっと私の帽子を取っていった、私の股を潜っていったのはコイカワらしい、家がふくれると思うと目が覚めた。夜明け前。ガラス窓に街灯の明かり。家中何の気配もない。死人は圧搾空気のようにいくらでも詰まると思ったが、詰まっていた友達の一人一人に取り残された感覚があった。一人で二階にいる幼い私に遊んでくれた隣のオネエチャンが、じゃあね、泣くんじゃないよと表通りに面したガラス戸を開け、はだしで屋根伝いに壁一枚の隣へ帰っていった、たぶん私は泣き出したんだと思う、そんな感覚。

気がつけばみんな死因は病気だった。シラサワもヌカザワもマエヤマもコイカワも幸いなことに殺人被害者でも餓死でも事故死でもない。貧乏人ばかりで自分では中流だと思っていて誰も金持ちにはならず一段と貧乏人にもならずに死んだ。だけど生きている者は変わる。ヨコテやオオタキが憲法変えろなぞ言い出したと知ったらどんな顔をするだろう、それが多数派だと知ったら。けれども死んでいる者は死んでいる。

朝小雨、私はうすら寒くて電気を点ける。二階の窓を開ければ、そこから小便をして通行人に怒鳴りこまれた幼い子が遠く色鮮やかにある。広場の縁石には傘をさして座っている白髪のじいさんがいる。毎日来て朝から夕がたまで座っている雨でも来るのだ。女房が鏡に向かってぺたぺたぺたぺた額と頬と顎を叩いて、ヨーシと言って立ち上がりヤマガタタエコという固有の名前を引っさげて出ていく。私もヨーシと言って、進みたがらない足をなだめて運ぶ、階段を上がろうとして踏み外す。弁慶の泣き所をさすりさすり私は出る、出るとき死んでいる人間に背中を押された、そんな気がする。

落ちる

手当が終わって痛さで顎の上がった体を病室のベッドに戻されたのは夕飯どき、賄い係が廊下に夕食の棚を押してきていた。医者が私の顔を覗きこんで、痛みが取れたら食べられるでしょう、食事をここに持ってきて貰うようにしましょうか。私はコクコクした、賄い係が食事を枕元に運んでくれた、それで安心してうんうん唸っていた。すると夜足元で看護師が言っている、この食事は下げます片付かないから。私は口をぱくぱくした、医者が言っている、もう少し置いておいていいでしょう。私はうんうんした、でも係が困ります、この人置いておいたって食べないみたいじゃないですか、食べたくないんだと思います。私は首をクイクイ振った、いやあのね、この人は今まだ痛いから、もう少しすれば食べられると思うよ。そうですか、でも早くしてください係が困りますから。やいと私は言いたかった。やい看護師、お前なんか止めてしまえ、なんのつもりで戴帽式でローソクなんか振り回しやがった、看護師は私を見もせずに足音高く出て行った。医者が寄ってきて、まあ私は童顔なのでよく新人に間違われるんですよと苦笑した、私は若い看護師さんが苦手なんですよ。そういえば昨夜食堂で本を見ていたら黒線の入った白帽の年配の看護師がテーブルを拭いて回っていた。若い看護師の尻拭いをしているように見えた、私がすみませんと謝ってしまった。恐ろしい若い看護師。

隣のお爺さんのベッドで音がする、カーテンのすき間から見るとそっちも少し開いていて、お爺さんがサイダーびんに口をつけて飲んでいる。酒だ。家族の差し入れだ。落ちるのが恐いのだと言っていた、飲まないと夜眠れないのだと。仏様のような穏やかな顔だったが夜中は恐い顔だ、酔っぱらって毛布をかぶって檻の中の獣のごとく眠るのか。眠りに落ちるのが恐いのか。

ふわっと身体が浮き上がると新幹線は切通しを抜け高架に駆け上がっている、タカイタカイ、幼児は差し上げられて世界の広がりいい風に吹かれて笑う、たが私は身体が固くなる、落ちると思う、落ちる落ちるう。大丈夫ですう、さあ飛び降りなさあい、下で若い看護師が手を広げて言っている、ちゃあんと受け止めてあげますからあ、早くしないと下げます片付かないからあ、傍で医者が言っている、私は若い看護師さんは苦手なんですよ、童顔ですから大丈夫だと思いますけどね、まあひとつ飛び降りたらどうですか。

目が覚めると雲が走って大粒の雨を落としそうだった、窓を開ければ九階の茶色のいちばん縁に雀が二羽止まって、下をのぞいて話中、ひょっとしておれの悪口言ってるんじゃなかろうか。落としっこしているんではなかろうか。もしかして、そんなことをすれば鳥だって高所恐怖症になるんではなかろうか。そうなったら、落ちるぜえ。

ネズミ男

鈍痛の中でじーっと寝ていた、一日中身じろぎもせず息だけすうすうしていた。まあ我慢強いわねと看護師が言った。そうではない、こういう、身体が休める時だから休んでいるのだ。明日を思いわずらって何になろう、私は肉体労働者である。肉体労働者とはそういうものである。父親がそうだった。父親は七十歳のとき帯状疱疹になったが痛いとも痒いとも言わずじーっと寝ていた。私はそれを我慢強いと感嘆した。我慢強いには違いなかったが第一には休んでいたのだ。今それが判る。

動けないのかざまあみろ、という目で私を見下ろしてネズミ男が出ていった、ネズミ男は同室の患者で右翼で巨人である、一昨日なんたって野球は巨人日本全国皆巨人と言うからそれは嘘だと教えてやった、巨人の出る日本シリーズの最中、バスで高野山から関西空港へと紀州一帯ぐるり回ったが土産物店も食堂も宿も試合を映すテレビがどこにもなかった、バスにテレビがついているのにバスガイドは客の注文を拒否して映さなかった、夜遅く東京行きの客だけ集まった最終便の待合所で一箇所だけ映していたのだ、東京にいて右翼の新聞とテレビだけ見ていると右翼が伝染してとんでもない間違いを犯す。それから口をきいていない。

病室の天井の白いボードに模様があるようで、眺めているとそれが何か意味ありげに見えてくる、見直せばすぐ無意味に戻るが、幾度かそれを繰り返すうちボードには意味が隠れている気がしてくる、天井裏に何かある、たとえばあのシミはネズミの小便ではないか、天井裏にネズミがいて壁を降りてくるのではないか、今晩わて。

指二本ですと保健所が言った、ネズミはその位の隙間から入ってきます、二階にも壁を登ってきます、ゴキブリだって大きいのは飛びます、穴は塞ぎなさいたてつけの悪い戸は直しなさい窓は閉めておきなさい。

ネズミはサルモネラ菌である、昔ネズミがあんこに小便を引っかけたのを知らずに和菓子屋が大福を作ってそれを人が食べて死んだことがある、あんたとこの弁当で中毒したと保健所に言われた弁当屋のおかみさんがそれは何かの間違いだと言ってきかない、何十年も信用でやってきたんだウチのは絶対大丈夫だ、あっという間にその弁当を食べてあっという間に死んでしまったこともある、生き代わり死に代わりネズミは敵である、生き代わり死に代わり弁当屋の和菓子屋の敵である。

店で夜中業務用冷蔵庫の上でゴト、と音がする、時々音がしてシンとしている、ガスだと思う。けれども冷蔵庫を後にサンダルぺたぺた歩いていくとなにやら気配が後からついてくる気がする、目のふちに黒いものが動いた気がしてさっと振り向くと、何もいない。ネズミのあの赤い目、油断すれば昼の通りをゆっくり歩くこともある、人をバカにしやがって、こっちが赤ん坊だったり死にそうだったりすると食いにくるのだ、後を物の怪が走る気配がして耳を動かし背中の毛を立てる。

目が覚めると大きい声で梱包と言っている、見るとネズミ男が看護師に文句を言っている、この薬は前のと違うなぜ違う、いいえ同じですと看護師が言う、梱包の仕方が違うじゃないか中身が同じならなぜ梱包が違う、医者を連れてこい、やってきた若い医者が同じ薬だと説明するのに、梱包が違うなぜ違うと言ってきかない、人が違えば包み方が違ったっていいでしょう、いいや違う梱包が違えば中身が違うんだ、二人の間で奥さんらしいのがオロオロしている、ネズミ男は梱包梱包、唾を飛ばして違うとどなり我慢強い医者は顔を真っ赤にして違うと言い続ける。

目の隅で何か動いて、見ると戸口をネズミが横切っていった、出た！　出やがったネズミが病院に、右翼の赤い目、野球は巨人だなぜ梱包が違う、どなって立ち上がった、クシャッと顔が引きつって大きくなり、またクシャッ引きつって大きくなり、むっくむっくと戸口いっぱい、見れば男根である、一種の大根である抜身の意志である、金精様である本来暗い淫ビな見世物小屋でおっ立っているべきものである、奥さんがたがキャーキャー言ってペタペタ撫でた手垢でてらてらの亀頭、へりに紙切れなんかついていて変にリアルで、ま、くさい、紙に何か書いてある、都知事だって、わあ看護師さあん、看護師さあん！

自転車坂

新しい大きなマンション
ここは花屋と八百屋と床屋だったと思いながら
自転車をこいで切通し坂を登りだす
降りて押せばいいのだが
つい頑張るのは反射か意地か習性か
昔山に登りかかるときまって便意を覚えた
だがじき引っ込んだ
女子マラソンの途中でしゃがんでしまって
また走っていった選手がいたが
引っ込まなかったんだ
あれは電信柱の根元だったのにちがいない
電信柱がないのでは格好がつかない
箸とラーメンを持ったら屋台が行っちゃったら
電信柱がないのでは食べるのに困るのだ
と思って息ばってではなくて踏ん張って
自転車を右手の崖へと向けてこいでいく
少し手前で旋回して左手の崖へ向けてこいでいく
また曲がってこいでまた曲がってこいで登れば

汗のTシャツは坂の上でも汗である
見返れば今はない花屋と八百屋と床屋
今はない海に続く街の並びの
今はない米屋と下駄屋と銭湯
魚屋と肉屋と豆腐屋と乾物屋と雑貨屋
金物屋、菓子屋、パン屋、古道具屋
電気屋も自転車屋も布団屋も今はない
誰も彼も政治に潰されていくとは思わずに
ひたすら自分の無能を責めていた
そうして私の登ってきた自転車の跡は
狭い坂の両側に立つ政治という崖を
実に上手に避けてきたようなのだ
見ろ、かげでこそこそ言うは言うが
表立ち正面切っては決してどこにも衝突しない
心やさしい抒情詩人の抒情の性質
そのようにできているなめくじの跡の美しさ
見れば血圧上がる目エ回る坂立ち上がる

自転車ふらつく坂の下へと動きだす
ブレーキかけるプッツン切れる速くなる
ブレーキカチャカチャさせる速くなる
イク、死ヌ、自転車蹴って飛び降りる
サンダル飛んで裸足になっておっとっとっとっ
足裏破けちゃったったったったっ
自転車が政治に体当たりする音がする
私は電信柱に体当たりしてひっくりかえった

坂の上

水びたしの
坂の上の事務へとゆっくり上る
人に追い越されながらゆっくりゆっくり
ゆっくり上れば息が切れない年の知恵
坂の上に情人が待っているなら

私はまだ勢いよく上るだろうと思う
年取ると血が冷えるというのは嘘だ
冷えたものが頭に上る筈がない
だからどうだというのではないが
情人はどこにもいなくて
事務が待っている
坂の上へとゆっくり上る
昨日ヤカンに穴があいたので
新しいのを買って水を入れストーヴにかけ
沸いたから魔法瓶にあけまた水を入れ
ストーヴにかけたとき
毎日まいにちヒッキリナシ火にかけるから
穴があくのだと気がついた
若いころ未来は希望だった
坂の上は明るかった
なん十年ヒッキリナシ働いた未来は
直しが効かない穴である

水が漏れる
坂が水びたしであれば空は穴
暗くキラキラ光がゆれる
私は金魚にでもなったよう
だからどうだというのではないが
坂の上では依然として
生存競争が待っている
だが戦争ではない
負けても殺されない
それとも戦争か？

くらやみ坂

この夏坂の上は戦争である、さあ殺せ
とヤケの薄笑いでゆっくり歩いていく人と
殺されるもう殺される

と殺気立って歩いていく人が
目立つようだと友人が手紙に書いてきた
そういう彼は私と同じ
とつぜん歩けなくなることがあるので友人なので
しかしヤケにならない殺気立たない目立たない人
は
忍者のように歩いているのか知らん
と考えながらカエルの串刺し
我慢してそろそろ歩いて
そうっと一歩踏み出して
熱い電信柱に摑まって
開いた股をそうっと閉じて
脳天をジリジリ焼かれて
あたりを見回して
くらやみ坂で立ち往生
私のその状況は判った
しかしそれでどうする

首筋暗く汗をかいて焦げくさい
モーターが過熱した扇風機のように
首を振った
しかし風は起こらず
南部鉄の風鈴は振れず
「不来方《こずかた》のお城の草に寝ころびて
空に吸はれし十五の心」
青い短冊も動かない
それでも
扇風機は決して首を縦には振らないのだ
ずるずる電信柱の根元にしゃがんだ
すると日傘や背広やサンダルが次々
上手に私を避けては上っていく
掃除機に吸われていくゴミのようである
飯が腐敗しかけた状態を飯が沸いたという
ゴミが沸いたのである
昔の人はいいことを言った

権利の上に眠る者は権利を失う
「私たちはくらやみ坂で
歩けなくなることがある
だがあいつらは歩けないことがない
ましてしゃがんだりひっくりかえったりすること
が
手足を持って運ばれるまでそうしていることが
どうしてあいつらにできると言えるか」
遠くで誰か倒れているわよ
あんた見て来てよ声がした
いやよ知らないジジイなんか、病気がうつるし
それから耳元で忍者のような声がした
もしもし大丈夫ですか、どこか痛いんですか
脳梗塞ですか、脳貧血ですか
痔ですか
私は目を剝いて
放っておいてくれないかと言った
私は権利を行使しているんだ

†

新宿まで

気がついたら悪い長い夏が始まっていた
終わりは確実に来るそれだけが楽しみだ
いつどんな形でか知らないが
私はそのとき生き返る
変圧器のような私の意識の音
ときどき途切れたりするその音が
そのときわっと笑い声になる　そう思う
夕がたの電車でやれやれ座れて

じりじりじりじり首が西陽に焼かれて
目の前に脂ぎった男の股間
皺寄ったのと膨らみが引いて突き出て
目を投げる遠い空に彩雲運河にあぶく
漏れをよく吸収する防水パンツ　がさがさと
かれが広げる新聞に通信販売の広告がある
活字のない白い無意識の領域がある

気がつくと私は乗り換え駅の品川を過ぎて
車輛基地の電車の群れを眺めていた
田町で乗り換えられると思ったが
気がつけば電車は田町を出ていた
無意識の領域が広がっている
東京駅で中央線に乗り換えようと思い
気がつくと車掌がフシをつけて言っていた
次はアキハラバアキハラバ
総武線はお乗り換えです

電車を降りるとどっと暑くて
階段を昇るのがおっくうだ
山手線の内回りで遠回りして行こうと
駅名標示板を見上げた
秋葉原　あきはばら
あれ？　車掌はアキハラバと言っていた

幼い息子との会話を思い出した
交通博物館はどこで降りるの？
秋葉原だよ
アキハラバ？
ううんあきはばら
アキハラバ？
あきはって言ってごらん
アキハ
ばらって言ってごらん
バラ

あきは　ばら
アキハ　バラ
続けて言ってごらん、あきはばら
アキハラバ？

それから三十年経って中年となった男が
車掌室の窓から無表情に前方を注視しながら走り
　去った
分厚い顔の無意識の領域にある幼い日の駅名
アキハラバ　アキハラバと繰り返し呼んでいる
かれの悪い長い夏

くり返す

覚えないからくり返すのだが
ネクタイというものは
なんべん締めれば締めかたを覚えるものであるか
と思うときがある
そのネクタイを鏡に向かって締めて
背広を着て靴をはき鞄を下げて
階段を下りたら帽子を忘れていた
階段を上って靴を脱ぎ帽子をかぶってまた靴をは
　き
階段を下りたら傘を忘れていた
階段を上って下駄箱にあったのを鞄に入れ
階段を下りたら足にサンダルを履いている
階段を上りながら笑いがこみあげてきた
靴をはいたら首筋に汗をかいていた
出かける前にくたびれちゃった

家の前の広場の樹が葉を揺すり
陽を泡立てているキラキラを眺めれば
〈こめわたる光追い追い　はるかなる言葉くり返

す〉
五十年前高校の先生が見せてくれた自作の詩の
断片を思い出す
先生のはにかみも
〈はるかなる言葉〉て何ですか
とまた訊いてみたい
いつかどこかで聞いたような言葉だったけれど
先生たちの青春は戦争だった
これは青春の前に見た夢なんだと聞いたけれど
ああ　それもいつかどこかで聞いたようだ
〈くり返す〉てなんべんくり返すんですか
と訊いてみたい
学習できない魚が何万年も釣られ続けるように
私はネクタイを締められない
私は言葉を間違って覚えているのではないか
ひょっとそんな気がする
自分のために言葉なんかくり返さない
くり返すのは〈はるかなる問い〉だよ
と先生が言うような気がする

夏回る

やっと空いた席に座れば
電車は動かない
車内放送が人身事故だとつぶやく
頭を上げて迂回路の
熱砂の光景を望み
頭を垂れて冷房の
電車を下りて階段を上る
目の前を女の素足がペタ、ペタ、ペタ、ペタ、ペタ
女のサンダルはどうして足より小さいのか
足の両脇がはみ出して地べたについたのが
ペタ、ペタ、ペタ、ペタ、ペタ

上っていく後をついて上る

下り上り紆余曲折していく頭の群れの
中には宝くじに当たるのもいれば
電車に当たるのもいるので
先頭は鎌首をもたげてチロ
チロ舌を出しているか知らん
広々と明るいコンコースで
放送がまた別の線で人身事故だと言った
隣の男が舌打ちした
私はもうどこにもいなくなった誰かの
舌打ちを聞く
私たちは四方八方跳ね返り駆け巡りこだまする
舌打ちの群れだ
ペタ、ペタ、ペタ、ペタ
上り下り左折し右折し電車に乗って
電車を下りて上り下り左折し右折し

夜の駅でまたまた人身事故の放送を聞く
私はため息ひとつ出す
夏回る
一段一段階段を上ってトイレの電気の
「夜が更ければ輝き出す卑小な希望」の
前を通って眼下の（何も象徴しない）
ホームの電気が一塊ずつ消えるのを見る
満員の最終電車を汗まみれで下りて
ふだん通らない淋しい道を歩きだせば
目の前をペタ、ペタ、ペタ、ペタ行くのは
昼間の足ではないかと思えば
ペタバタペタバタ駆け出してコンビニに飛び込ん
だ
今日は絶望が三つ三本の電車を止めた
絶望しない私は資本主義の
白い明るい電気の中をさんざん回って

たどり着いた戸口を開けて閉め
中の戸口を開けて閉め
卑小な希望の灯を点けて消す

ゴジラ

一九五四年私は十八歳
映画ゴジラの第一作を弟と四人並んで見た
水爆実験の放射能で突然変異を起こして
巨大になって目覚めたゴジラ
もう出るか今出るかと待っていたら
砂浜に残された巨大な足跡
暗い山の稜線
耳を聾する咆哮一声
出たあ！
ワクワクした

あれからゴジラは死に代わり生き代わり
今も活躍しているわけだが
二〇〇四年私は四歳のユリと
二歳のタクミを抱っこしてみて気がついた
現れるのはいつも卵から孵ったばかりで
人間でいえばおしめをつけた幼児ではないか
なん十回もの水爆実験で
身寄りも頼りも皆殺された
たった一人の生き残りではないか
戦国時代には
泣く力も失い横たわる老人や幼児たち
村々の累々たる死体から
凝った無数の怨念が抜け出て集まって
巨大な赤んぼうの姿になったという話がある
ゴジラの大きさは放射能の毒と
無数の同類異類の死体から出た怨念の
大きさなのではなかったか

たった一人目覚めて泣く
山をよちよちと降りてくる
泣けなかった同類異類のぶんも
肺一杯息吸い込んで大声で泣く
おしめをつけた巨大な幼児
不死の怪物
街なんか踏み潰してやる巨大なテロ
けれどそれはスクリーンの中のことなので
外の人に楽しんで見られるだけなので
その悲しさに泣く
咆哮する
すると同じ画面の中で
開発された新兵器が砲口を向けるのだ

会館の階段

手押し車で重さ二〇キロの大箱二つ
会館の廊下の突き当たりまで運んで
別に快感でも快汗でもないけれど
目の前に階段が見えたらそれは上るものだ
踊り場まで一〇段
折り返し一〇段で二階、三階まで四〇段
私は肉体労働者だから
二階でも三階でも上るのは平気だが
腰は用心するので上体は曲げず腰を落として
箱一つ抱えて持ち上げたら
若い女性がカツカツカツカツ下りてきて
あら早いわね、この箱ね、あたしも持ちます
いえ重いですから

大丈夫よ
残った一つひょいと抱えてカツカツカツカツ
ハイヒールが上っていく
後を一段一段ついていく
この、どこに筋肉がついているとも見えない女性と
ケンカしたら私は負ける

手押し車は三十年使っている
空箱二つ乗せてガラゴロガラゴロ押して帰る
キイキイキイキイ右へ曲がっていく筈が
きしみも曲がりもしない
この前配達した時
誰かが油を差してくれたらしかった
私はこのように
地域でしょうばいして生計を立てている
朝は朝星夜は夜星
それでも目の前に階段が見えたら
それは上るものだ
踏み外そうが息が切れようが
そういう姿勢
♪雲の切れ間にキラリと光る　星が頼りの人生さ

白木の札

月曜は信用金庫ですら混んでいる
ロビーの隅の本立の陰の小さなシミのある腰掛けに
黙って座れば大声で
必死おじさんが行員に食らいついていたりする
どこも受け身で始まる生業の
くりかえしで始まる営みよ
なにか足りないものがある　そんな気がして

何が足りない金のほかに　そう思う
一万円札なんか財布から出たがらない
それをサヨナラサヨナラと言って送り出し
おじさんもコキ私もコキ木枯らしの通りコキコキ
帽子傾け自転車をこいでいけば
まだらにまだある生業だけはどこもやはり
外にも内にもひと気がなくて安心だ
そんなことに安心しても仕方がないが
ウチだけヒマなら大変だい

角がとつぜんワンルームマンションになっていた
小学校の前の生業は板戸に白木の札がかかってい
た
この白木　日本の本から横木一本取って作った位
牌だ
募集貸事務所と戒名が書いてある
この変わり方自転車では追いつかないみたい

時間を止めた陽だまりで
いつもは変圧器のような耳鳴りが
遠くの滝になっている
そっちの方へ自転車をこいでいく
思いがけず小学校は一輪車の歓声
頑張れ一年生(二年生でも三年生でもいいけれど)
一輪車に乗れると悪い大人に誘拐されない
とは決まってないか
一輪車に乗れると地震が来てもつぶされない
とは決まってないか
でも頑張れ一年生（二年生でも三年でもいいけれ
ど）
生業の親の子である君たち
君たちが一輪車に乗れると
生業の私がまだ生きられる

三半規管

亭主が店番していると知らない男がやってきて
オカアサンいるかいと言う
そんなに昔からのお客さんとも見えないが
母は二十六年前に死にましたと言えば
え？　奥を見て
あすこにいるじゃないか
え？　あカミさんですか、カミさんはいます
そのように人がたいてい女房の方に用がある
のは問題だ
秋の日は落ち際にかっと差し
女房は日ヨケを下げる
日は右へ日ざしは左へ
女房は十五分ごとに左へ日ヨケを移して目がまわ
る
来た人が目まいは検査しなくちゃと言う
耳に冷水と湯を交互に入れて目まいを起こしてみ
る検査だよ
ハムレットの王様みたいでいやだわよ
亭主が出てきて医者へ行きなと言って
引っ込みながら左へ曲がる
左へ曲がるだけだからいいと自分は医者へ行かな
いで
女房には行けと言う
女の人が日ヨケを分けて
あのうハローワークはどこでしょうかと聞く
アノここを真っすぐ行ってA銀行の脇をと言いか
けたら
脇からもう一人おばさんがM病院はどこですかと
言う
今この人に道を教えてるのでちょっと待ってくだ

さい
あたしには教えてくんないの？
ちょっと待ってって言ってるんです
先の人に向き直って
アノA銀行のところをですねと言いかけたら
あA銀行、そこだわ病院とおばさんは行ってしまった
また人が来てめまいは経年変化なんだってさと言う
年取れば頸椎が擦り減る、擦り減ればめまいが起きるって
また亭主が出てきてイヤ三半規管の異常だろう
医者行けよと言って引っ込みながら左へ曲がっていく
女房は歩けば右へ曲がるのだ
テレビが拉致拉致新聞が拉致拉致週刊誌が拉致拉致
拉致てまじないだ
拉致てまじないだ
非国民て言葉出てこいって
また亭主が出てきて医者行けよと言って引っ込む
知らないおじさんが顔を突っ込んで
○○会社てどう行くのと言う
バイクが左から右へ駆け抜けていく
早く言ってくれおれ面接に行くんだ時間がないんだ
救急車がピーポーピーポー
うるさい　と女房は怒鳴った
世の中がシンとした
と思ったらよけいぎゃあぎゃあ言い出した

鳩の広場

八十過ぎの上品な女性が
雨に傘さして広場に座っている
雨でもお散歩ですかと聞くと
十時から三時までは家にいないでと
おにぎり一コ持たされて嫁に追い出されるのだと
いう
夜中帰る息子はそれを知らないと
そんな投書を新聞で見た
下品なじいさんはかわいそう
上品なばあさんは事情を聞かれ新聞に出るのに
誰にも口をきいてもらえず
傘さしてコップ酒を飲んでいる

私もじいさんの前を通りながら目は合わさない
合ったらろくなことはない
毎日じいさんは朝から夕がたまで広場に座り
まいにち私は前を通る
どっちかもっと悪くなるか良くなるかまで
くり返す

雨上がりに鳩が一羽飛び立つと
群れの鳩が一斉に飛び立たつ
なぜだろう
ある筈の共通の恐怖は見えず
遠くに希望があるような気がする
じいさんがひょいと立ち上がる
他人は立ち上がらない
じいさんはまた座る
先にも後にも恐怖も希望も見えない
あるとすれば一人くり返している疲労

いずれ恐怖に変わるとしても
それが平和だというなら確かにそうだ
と思ったらけっつまずいて目が合った

果たしてじいさんがやってきた
なんだと思えば
おまえ煙草はやめろよと言う
今やめればまだ間に合うからな
おれは酒飲んでる
今からやめてももう間に合わねえ

遅れた花見

桜の丘の公園は冷たい風が吹いていて
遅れた花が揺れていて
空は入れ歯が取れた口のよう

一軒残った茶店に爺さんが一人いて
寒いから花が長持ちすると言う
甘酒だの煮込みだの
遅れたものには長持ちするものが合う
だがぬるい
黒土に花がめり込んでいる斜面の
段々を踏んで下ればかすかにめまい
白い仮設トイレが重たげに片付けを待っている
池の際バタじゃが五百円の屋台には
セイロに湯気が立っていて売り子がいない
母親と子供が立って食べていて
あっちの方にいるんですよと言う
おーいお客さんだよと声を上げると
おーいと声がして片付けを待つ屋台の列から
タオルを頭に巻いた若いのが現れる
バタじゃが一つ
箸も一つでいいやかわりばんこに食べるから

すると子供が母親を見上げて
ぼくもかわりばんこだよと言う
プラスチックの皿にでかいじゃがいも二つ
バタは缶から客が自分で塗りつける
いっぱいつけていいんだよと子供が言う
そうかい、この位かい？
もっと
この位？
もっと
バタつきじゃがでなくてじゃがつきバタである
空は暗いが手もとは明るい
じゃあねバイバイ
母親と子供は去り
私たちがベンチでかわりばんこに食べていると
売り子も去った
遅れついでだ
私たちはもう一つどこか行こうと思う
暮れるにはまだ間がある
ベンチを立って、さあ

スニーカーの男たち

一月の空は明るく私は暗く、手を上げれば烏カアと鳴いて、枯木が揺れて賑やかだ。男がキイコキイコ自転車をこいできて、しばらく考えてどらやき二十個と最中二十個くださいと言う。昔東北の、小さな町からやってきたという訛り。風采の割に買うのは仕事関係かと思っていると、旦那よう、おれ、ついてないんだ、会社が倒産しちゃってよ。やっと就職したら、慣れない仕事で事故っちゃって、入院してよ。あいづちを受け取って、ほんと、全然ついてないんだ。そうつぶやいて品物を受け取って、思い切ってというふうに声を大きくして、会社のみんなに迷惑かけたんで持って行くんだけどよ、少しまけてくれない？　私は頭を回転させたややしばし、返事をしようとするとたん、いいよいいよ、冗談だよ。手を振って自転車にまたがって、東北の、小さな町には帰れない、キイコキイコこいで行ってしまった。もう来ない。

西のかた環状八号線・町工場密集地帯あたり黒雲湧いて、太く流れてくる。車の排気ガスが作る雲だそうだが先端資本主義の先端技術爆撃に見える、黒雲の下には屍体がいっぱい。殺され尽されたかされないか、そこの生き残りのように、屍体の一つが起き返ったように、ただ酔っ払っているだけのように、やってきた男が立ち止まってケースの中を見ながら鼻歌を歌う、♪昨日生まれた豚の児があ、蜂に刺されて名誉の戦死い、豚の遺骨はいつ帰る、四月八日の、朝かあえええるう。それから何か買うのだろうから待っていると、あのな。はい。おれな。はい。恐いから一杯引っかけて税務署行ったらな、これじゃ足りないと言うんだ。はあ。こっちは熊手でがさがさかき集めたんじゃねえ、耳かきでかさかさやっとかき集めたんだぜ、いっぺんで酔いが覚めちゃったよ。もう知らねえやおれ。歌と税金と関係はないが、なんだかあるような気がしてくるのが不思議である、でなにかくれと言うかと思えば言わないでまた大声で歌う。♪海ゆカバ、水クソカバねっ、山ゆカバ、草んスッカバねっ、知ってっか？　河馬の歌馬鹿の歌。おれの親父が兵隊で覚えてきたんだぞ、動物園の河馬の風貌が彷彿するべ？　♪馬鹿河馬チンドンヤ、おまえのとっちゃんでべそ。ねえあんた、ちょいと、寄ってらっしゃいよおてくらあ。そして行ってしまった。

なん年かぶりで来た男もいる、掌にあけた小銭を数えて、だんご三本買ってくれて、スニーカーをスリッパのようにひきずっていった。前は向かいにトラックを止めて、スニーカーを草鞋のように踏んづけ踏んづけやってきた、このだんごな、お客さんとこ持って行ったら旨い旨いって。それからおれの顔とだんごが結びついちゃって、行くたんび持って行く羽目になっちゃったと、そう言って週に一度二、三〇本ずつ買っていってくれていたその男。決まって西のかたからやってきたスニーカーの男たち。来ないと私たちは困る、来てほしい、スニーカーの男たち。渇しても盗泉の水を飲まず、李下に冠を正さずの男たち。

あとがき

9番目の詩集です。01年以降のものから採りました。98年作を1篇含んでいます。くらやみ坂というのは実在する坂の名で、30年以上前詩にしてボツにしていました。今回全く別の詩にしたあげく詩集の題にしたのはやはり、それなりに私の思い込みによります。まあしかし、近年変な世の中になりました。これは詩を工夫するにはいい機会で、こんな世の中でなければ私もこういう詩集は出さなかったと思います。

今回もワニ・プロダクションの仲山清氏に全部お世話になりました。装幀は三年前からの約束で林立人氏にご無理をお願いしました。お二人に厚くお礼を申し上げます。

二〇〇六年五月　　甲田四郎

詩集『冬の薄日の怒りうどん』（二〇〇七年）抄

星明かり

山また山のその奥の
真っ暗な崖っぷちに車を止めて電気を消したら
夜空をはずして洗濯して、またはめたよう
私は目玉をはずして洗って、またはめたよう
研ぎ澄まされた星々が
山の稜線から稜線までぎっしりだ
星明かりに照らされる
一歳四カ月のユリとパパとママと女房と私だが
こんな星々を何十年前に見たのだったか
そのとき恐怖を覚えたのを思い出す
何千万度の熱が何億兆もありながら
私たちを暖めることができない
近々と互いに息を掛け合えば
ユリは暖かい声を上げて手を振る
「人は死ぬとお星さまになるんだよ」
それは恐ろしい比喩だ
私の父はあの星母はあの星
昔骨箱の黒い木切れで帰ってきた叔父はあの星
叔父が殺した中国人はあの星とあの星とあの星か
病死
衰弱死餓死焼死轢死溺死窒息死感電死薬物中毒死
被撲死被斬死被弾死爆裂死放射能死生体解剖死
それら天空ぎっしりの煮えたぎる感情に
私たち照らされて仄白く立っている
この瞬間星がまた誕生している
屑になるほどの数の星が
煮え出されている
ユリよ

おまえの暖かさは私たちにとってかけがえがなく
私たちの暖かさはおまえにとってかけがえがない
そのかけがえのないところでいつか
星の話を聞いてほしい
星屑の感情を
知ってほしい

疑問符

ここはどこかといえば北海道日高の海岸
街道に沿った漁港の集落
十年前、数キロ先の町に大きなスーパーができたら
たちまち酒屋も電気屋も旅館もひと気がなくなって
今は一本道がハテナ？　の形をして
しんかんと陽を受けているばかり
そして集落ただ一つの交差点
ハテナに交わるコッチダ！　の砂利道を
小さなユリはまっすぐヨチヨチ漁港の岸壁の縁まで来て
手を伸ばしてあーやーあーやー
ユリは水遊びが好きだ、水を見れば入りたがる
わっと抱きとめるママの腕から身を乗り出して
その先へ手を伸ばしてあーやーあーやー
おやじ大声を上げてエンジン音を響かせて
イカ釣漁船第十二幸福丸が出港する
艫に泡をいっぱい沸かせて
舳先と電球の列をぐるりと回転させて速度を上げて行く
そのときユリは砂利遊びが好きだ、道にしゃがんで
さやさやさやさや、さやさやさやさや

両手に砂利をつかんではこぼす
照りつける日に家々は軒黒く低い
ネコが五匹一列になって道を横切る
カモメが一匹飛んできて倉庫の屋根でニャアと鳴く
この集落の人たちはどこで働いているのだろう?
明るい雲は地上のハテナ?　を映して次々に形を変える
ユリはつば広の帽子の影で
あーゆーあーゆーて、にゅーやーにゅーやーて、て、はそしてのてか知らん
全くそうではないのか知らん
私たちはそばで立っている
考えている、この先

散歩

ベビーカーから降ろされたユリは
よろこんでトコトコ一人遊歩道を降りていく
母親と父親とその親夫婦と四人、ついていく
夕がたの草の丘、麓の白い家
でもユリの目の前にあるものは砂利だ
しゃがんで掌を伸ばして砂利にさわって
つかんで掌を広げて砂利を落として
すこし歩いて、またしゃがんで立って
そうやってだんだん遠くへ行くばかり
一緒に座っているときは
母親がトイレに立つだけで泣いて追いかけるくせに
「ユリちゃあん、おいでー」

呼んでも戻って来ない
ふと顔を上げて、側に私たちがいないと知れば
戻ってくるさと四人は見ている
ユリは砂利を握る
砂利、砂利、しめった冷たさ、固さ、重たさ
四人それぞれに夕焼けの砂利を握ったのを思い出
　している
麓の白い家が赤く染まる
「ユリちゃあん、おいでー」
でもユリは顔を上げない
あんなに離れて、もう私たちが見えないいんじゃな
　いか
さあ
声が聞こえるだろうか
さあ
私たちが側にいないと知るのは、いつだろう
さあ

母親は痛い思いをして生んだ子を見ていた
父親は妻が痛い思いをして生んだ子を見ていた
妻は痛い思いをして生んだ息子の子を見ていた
私はそれらを見ていた
ユリがしゃがんだ
そのとき私にトキンと鼓動がした
そのとき母親が駆け出した
続いて妻が駆け出した
父親は私と並んで見ていた
私たちは痛さでつながった身よりなんだ
母親がかがんでユリの手をとって泥かなにか払っ
　ている
妻が立って何か言っている
夕焼けはますます深く
母親はユリを横抱きに抱えて歩いてくる
抱えられたユリは気持ちよさそうに
一歳四カ月の時を揺れている

今日の広場

ヨチヨチ近づいてきたユリに見上げられると
大人はたちまち笑顔になる
するとユリもいっぱいの笑顔になる
そうして次の大人のところへ行って
そのまた次へと次々に笑顔が点いて移っていって
ユリは声を上げて笑いながら戻ってくる

ユリが行けばものみな笑う
それがユリの広場だった
それで小さな靴を出してきてオンモと言うのだ
暗い通路の向こうの明るい出口
ユリは一人でトコトコ行きかけて
振り向いて私がついて来るのを確かめて
向き直ると外へ飛び出たのだが

今日の広場は枯草の丘
下は川、曇天から冷たい風が吹き下ろす
遠い対岸は道路、川から道路へ登るコンクリの護
　岸壁
そこを黄色い服の三歳位の子供が一人で這い登っ
　ていく
岸辺に釣り糸を垂れる人がおり
家族連れらしい三人が弁当を使っているが
振り向く者はなくなんの声も上がらない
ただ幼児が一人三階建位の高さへ登っていくのだ
するとユリが盛土の上から私に手をさし出した
手を取ると飛び降りて、また登っては手を出して
飛び降りる
幼児はどうしたろう
振り向いたときは道路まで登りついて

大人の自転車が止まってなにか話していた

若い女に連れられた大きい犬が現れた
「ワンワンだよ」
でも近づいていいものかどうか
ユリと手をつないで見ていると
横から年寄りが一人来て犬に近づいて
何か言って行ってしまった
女も犬もこっちを見ない

ユリはころんで、泣き出した
それでも起き上がるのを後から抱えて
「痛いの痛いの、飛んでけえ」
汚れたてのひらをさすっては彼方を指させば
涙の目が不思議そうに見る
ユリが今日向き合った冬の景色
私にはなじみ深いつめたさの

呪文

ササキノさんは
娘夫婦に双子のマゴ（男）が生まれてしまって大変だ
なぜかというと
双子には年子のオニイチャンがいたのだ
それでも娘夫婦は
「今の世の中親も大変子も大変
だからきょうだいをあげよう」と生んだのだ
だが大変だ
ササキノさんは定年なので
毎日まいばん娘さんの手伝い
土日は娘の亭主が奮闘でササキノさんは休み
「ハヤクオオキクナアレハヤクオオキクナアレ」

頼むから早く大きくなってくれ
呪文をおみおつけのようにざぶざぶかける
買物はササキノさんが一人抱っこして
娘が一人抱っこして
オニイチャンを乗せたベビーカーを押して行く
途中で私のところに顔を出して娘と一緒にアハハ
　と笑う
どうやらやっとお誕生近くなって、娘さんは言う
　のだと
きょうだい三人並んで寝ているのを見ると
やっと、生んでよかったって思うようになったわ
やっと、背骨が痛くなくなったのか
痛いのに慣れたのか判らないけれど
「ハヤクオオキクナアレ」
とろりと呪文の蜜をかける
泣きたいようなひとときもできたのだ
ひとつの口にちいさな白い牙がある日二本

もうひとつの口にもある日二本
見つけるのはササキノさんたちの喜び
髪振り乱してもうろうと座る人影の
部屋中に累々とうどんばらまかれ
エイエイエイふすま引き裂かれ
荒れ果てたササキノさんの家は光栄です
昔々の家々はみな光栄です
「太郎じゃない次郎、じゃない三郎！　こら！」
と
名を呼び間違えながら子供を叱る昔の日々が
友達に戻るのを見るのは私の幸せです
ひとときあかんぼと共有する
時間のゆりかごの中
「あの戦争前夜を暗い時代と人は言います
だけど私たちはものを明るく見て暮らしていまし
　た」
そうだろう世界が見えなければ

飢えるまで爆弾が落ちて来るまで明るかった
兵隊に取られるまで明るかった
いま強食弱肉リストラと低金利
遠い国の戦争、極右の跳梁、地球温暖化
だけど私たちものを明るく見ています
「ハヤクオオキクナアレ」
子供が希望でなかった時代はないのです

窓

休みの日はめしも休み
夫婦でゴキブリホイホイに似た屋根の
ファミリーレストランに入る
亭主が窓の外へ眼を投げれば女房も外を向く
互いの顔を見るのもいや、というわけではないが
首を横にうーんと伸ばして体をねじってまでして
見ているのは外である
自転車をこいで過ぎる傘
走るライトが照らすバスの横腹
発車するバスの後部の窓に子供の顔が貼りついて
窓に貼りつく私たちの顔も
運ばれていく顔である

幼児の発達の検査というのがあるそうで
保健婦にユリは遅いと言われたそうで
しかしユリは
一人でスプーンを上手に使ってごはんを食べる
おしっこすれば自分でおしめを出して持ってくる
心配なんかいらないと私たちはさっき言い合った
そんなに小さなうちから人と比べられるのか！
テレビだって心配ないって言ってる！
すると女房が窓から眼を戻して
今日電話にユリが出たの、と言う

ユリちゃんかいって言ったらウフフ
おばあちゃんだよって言ったらウフフ
笑って合間に息遣いして
また広場に遊びに行こうねと言ったら、ウフフ
行こうね、とまた言ったらまたウフフ
イコウネ、ともう一回言ったら
だって

雨が烈しくなった
東京から大阪まで巾五百キロの滝
私たちの息子である父親の顔と
その妻である八カ月のおなかの母親の顔と
私たちの孫である二歳一カ月の女の子の顔と
おなかの中の子の顔も一緒に
大阪郊外の社宅の窓に貼りついている
ユリはアメフッタと言っている
自分専用の言葉で
笑って

菖蒲園

山あいの菖蒲園
あと半月すれば花が咲くというが
半月したら来られない
私たちママの大きなおなかを先頭に入場して
すぐに紫と白の花が一本ずつあるのを見た
一面真っ青な菖蒲畠が
満々と水をたたえているのを見た
遠くで作業員の笠が三つ並んで
立ち上がってはかがんでいた
シマヘビが一匹泳いできて、草むらに隠れた
ユリ、ヘビだよヘビ
大きなカエルが跳ねた

ユリ、カエルだよカエル
でも今日ユリはだっこをねだる
ママはおなかが大きいからもうだっこはできないの
でもぐずる
だっこしてくれないとあぜ道にしゃがみこむ
ママたちは遠ざかる
動かないユリとヘビとカエルと菖蒲の葉
午後の陽差しの山あいに
ゲコと一声カエルが鳴くと
菖蒲園いっぱいに響き渡る声でママ！　と呼び
オカーターン！　と呼ぶ、それは歌のようである
そうしてじーっと待っている
ママたちも遠くでじーっと待っている
おいでー！　とママとパパ
おいでー！　とバーチャンとジーチャン
おいでー！　一斉に呼ぶ、それも歌のようである

するとユリが立ち上がって、歩きだす
一、二、一、二と手拍子をとると
手拍子に合わせて駆けだして
ママが両手を広げると
両手を広げて、笑い声を上げて、駆けてきた
ユリ二歳二カ月
私たちが立ち去った後
陽が傾いた菖蒲園にカエルの歌が始まって
歌は陽が落ちた山あいいっぱい満ちるだろう
（私たちはそれを聞きながら眠る）
そのころママは声を上げるだろう
赤ん坊が生まれ落ち、声を上げるだろう
（菖蒲は咲き始めるだろう）
そしてユリが駆けてくる、ママと赤ん坊のところへ
顔いっぱいに笑って両手を広げ
一、二、一、二、と足を上げ

笑い声を上げて駆けてくる

病院のママ

ユリ二歳三カ月
コンクリの階段を降りるとき女房バーチャンの手
　を握り
ハイハイと言って私ジーチャンの手をかきよせて
　握り
ブラーン、とぶら下がって両足上げる
三段降りて足をつくと、はずみをつけてまたブラ
　ーン
キャッキャと笑って三階から一階までそうやって
見上げられる私たちはパパとママに戻ったよう
だが体がついていかない
幼いものはどうしてこう元気なんだ？

朝パパがドアを開けて出ようとすると泣くのに
ドアが閉まって姿が消えたらもう平気
三分たてばもう元気
幼いものは、今をあるがまま受け入れて呼吸する
ジーチャンバーチャンといればジーチャンバーチ
　ャンとあるがまま
隣のおばさんといればおばさんとあるがまま
誰もいなければ
誰もいないあるがままではないか知らん

でもママのいる病室に近づくと
ユリはバーチャンの手を離して駆け出した
いちばん奥のベッドの傍でママを見上げて
恥ずかしそうに笑っていた
ママが立ち上がると代わりにベッドに上がって
シーツに顔を押しつけて、ママの匂いをかぐみた
　い

それから顔を上げてにっこりした、ママの匂いに
　包まれて
私たちジーチャンとバーチャンは
誰もさわっちゃいけないものを見た
私たちはユリたちを周りから見ているのだ

それからみんなで新生児室の窓口へ行った
ユリはママのパジャマの裾をつかんで離さない
その後から見ていると
看護師さんが火のようなあかちゃんを抱いてきた
まだ目が開かない、と思ったら
くっついたまぶたを剝がして、片目を開けた
ママが来たのが判ったらしい

真夏のユリ

山の麓でバスを降りて
「おうちへ」
大きな帽子をかぶったユリがトコトコ、トコトコ
　歩けば
陽が背中にジリジリとついてくる
コンクリと顔に照り返す
抱っこするかと聞けば首を振って
自動販売機を指してジュースと言う
ゴロンと転がり出た缶ジュース
持たせればしっかと握って、仰向いて口をつけて
帽子の下でハアと息をついて
「おうちへ」トコトコ、トコトコ歩きだす
また止まって缶に口つけて、ハアと息して

歩き出したと思えば止まって、仰向いて口つけて
　動かない
缶を取り上げてみれば空っぽだ
抱き上げれば幼い体が汗ばみ火照って
ぐったりと眉を上げてすこし開いた口して
せわしく呼吸している

「おうちへ」急ぐ、しっかり抱いたこの子の口は
五十年より前の私の弟の口にそっくりだ
母親が泣いて伸ばしていた両手の先で
おしめの下の肉のない尻の皮が垂れていた弟
この子焼夷弾に焼かれた子の口にそっくりだ
うつ伏せに倒れて炭化した母親の両手の先で
両手両足を上げて炭化した子の
この子そっくりだ、親たちの伸ばした手の先で
埋められていった子たちの口に
一九四五年「満州」のおびただしい数の〈土盛り
　の墓の雪原〉*
山本周五郎の小説では
五十年後、五十年前、と薄幸の女が呟く
わたしは生きていない、わたしは生まれていない
いまだってわたしが会っている辛い目は誰も知ら
　ないし
五十年後、五十年前、跡かたもないんだわ
想う男に会ってかの女は幸せになった、だが
私の弟や炭化した子や「満州」の子たちは
五十年より前生まれてじきに跡かたもなくなった
　ままだ
この子私の弟の代わりのようだ
炭化した子の、「満州」の子たちの代わりのよう
　だ

「おうちへ、おうちへ」

眠る子をしっかり抱いて歩いていけば
陽はジリジリといつまでもついてくる
コンクリが眩しく揺れる
この子昨日傾いた陽を背に受けて手を振った
長い影に並んだ短い影が手を振って
私を振り仰いで笑った
それで影が二つとも手足を振った
そのゆりかごの時間遠く山波は動かず
陽だけするする落ちていった
今日はなぜ陽が落ちない？

＊ 岩渕欽哉詩集『サバイバル・ゲーム』（一九八九年）から

ゴメンネ

ユリ息をする

電話で聞いた、ユリはいじめられているのだという。社宅は遊ぶ子供が決まっている、その大きい子たちのいじめの的になっている。公園の砂場でおもちゃをいっぱい抱えると、大きい子がやってきてみんな取り上げてしまう。ユリはおとなしく取り上げられて、泣かない。平気だもん、という顔で砂をいじる。すべり台に上ろうとすると押しのかされる。ユリは平気だもん、と大きい子が登ってはすべりして飽きるのを待っている。それでも大きい子たちが駆け回る仲間に入りたい、トコトコついて行く、アッチイケと突き飛ばされる、突き飛ばされても平気だもん。すこししてまた寄って行く、頭をぶたれてコツンと音がした、立ち止まって、痛くないもん。見かねてママが大丈夫？　と近寄ると水面に顔が出せてやっと呼吸ができたよう、スカートに顔を押し当てるとわっと泣いた。我慢が切れた凄いような声で泣いた。いじらしいんですと電話口でママが訴える。もちろん親がその子を叱るが、いじめる方はいじめられる方の痛みは判らない。ユリはいじめられている。もう半年になる。それなのにそれでも小さい子より大きい子たちにまざりたい、まいにち公園に行く。近ごろはチョコチョコとついて行けるようになって、いじめられ方も前ほどではなくなったという。二歳半から三歳の間半年、おしめも取れない女の子が抑圧に耐え知恵を働かせている。ママのスカートに顔を押し当てて泣くことができて、よかったたね。

ゴメンネ

また電話で聞いた、ユリはおもちゃがほしいとなれば無我夢中何を言っても聞こえない、店先の地べたにひっくり返ってカッテー、カッテーと大声で泣くのだと。それはしつけだぞみっともないぞと私ジーチャンは言う、いいことをしたらはっきりほめる、いけないことをしたらはっきり叱る。そうしてるんだけど、泣き方がもの凄いんだよなあと息子は嘆息する。電話を替わったママが言う、でもあのね、ちかごろの子はすぐに何でも買ってもらって我慢ということを知らないけど、ユリは我慢を覚えたんですよ。そんなに泣かれても買わないのかとジーチャンは驚く、買ってもらえなくてもそんなに泣くのか。たくましいママとユリ。

正月来たとき、ユリは昼寝から覚めたらママがいない、それだけのことで泣いて泣いて、抱っこしたバーチャンの腕からウナギのように反り返った。その激しさはただごとではない気がしたが、外での我慢の程度を語っていたのだったか。そのように内で発散している分、ユリはまだいじめられていたのか。

とにかくママはベビーカーにタクミを乗せている、構わずベビーカーを押して歩きだす、立ち止まりも戻りもしないで人ごみの向こうへ行ってしまう、ユリは仕方なしに起き上がって、わんわん大泣きに泣きながら追いかける、ママはプンプン歩いていく、ユリは泣き声を張り上げて小走りに追いかける、ママは行きどころがない、広場の敷石に座る。追いついたユリもその横に座る。春の風。タクミが手を振って二コニコしている。ママはコーフンが冷めてくる。ユリもだんだんコーフンがさめてくる。ママはヒヒヒック、ククックとしゃくりあげるユリの涙を拭いてあげた。するとユリはゴメンネ、と小声で言ったと。

もう一人のユリ

晴天の境内いっぱい鳩の声
ユリは目を輝かせて鳩を追う
ちょっと止まっておしめをずり上げて、また追いかける
鳩が一斉に飛び立つ、ユリは両手で頭を防ぐ
そのころ暗い所でもう一人のユリが
パパに殴られて両手で頭を防いでいたのだった
そのユリはままハハにいじめられていた
二歳から三歳の間の一年以上外に出してもらえず
家の中で夜昼まいにち怒鳴られ殴られていた

こんな小さな子にいじめられる理由はない
理由はいじめる方が作る
姉があり、姉は可愛がられていた
弟があり、弟は可愛がられていた
一家でお出掛けの時ユリだけ置いていかれたとい
　うから
おしめもろくに取り替えてもらえなかったのでは
　ないか
まいにち大声で泣いていたのか
平気だもん、という顔をしていたのか
顔を押し当てて泣くことのできるスカートはなか
　った
体を丸めて夢に掠れた声を上げていたのか
だけれども
それはパパがいないときだけだったと思いたい
パパが帰ってきたときは
水面から頭を上げて息するように

パパの傍で大声で泣きもできたと思いたい
そのユリにどんな知恵を働かせることができたろ
　う
一度赤ん坊の弟に乗っかったら
ままハハばかりかジーチャンとバーチャンにも怒
　鳴られ殴られた
ユリは飛んで倒れた
這いずって逃げるのを蹴飛ばされて転がった
ゴメンネ、ゴメンネと言うユリの声を聞いた近所
　の人がいたという
そのときパパがやっと帰って来たかも知れない
だがそのパパにジーチャンがユリを殴れと命令し
　た
パパはユリを殴った
ユリは頭を抱えてもう息ができる時もところもな
　い
ままハハ一家の暴力は更に増し

ユリは誰にも抱いてもらえず抱かれて泣くことも
　知らず
平気だもん、というに似た顔で倒れて死んだ
やせて、顔じゅうが腫れておしめが汚れたままで
内臓が破裂していたという
もっと生きればシンデレラのように
王子様が迎えにやってくると
夢見たかも知れないユリは
おしめも取れないうちに死んだ
晴天に鳩を追うことも知らず死んだ
ままハハ一家に聞きたいことは何もないが
パパよ
私は君がユリを殴ったその手の痛みが増している
　と思いたい
他人の私が泣くよりも激しく長く泣いていると思
　いたい

弟

何でそんなに怒ったのか覚えていない、私は何と言ったのか、弟は何故イヤだと言ったのか。たいしたことではないのに違いない、私は言うことをきかない弟を殴った、弟は泣いたがまだ動かない、傍で近所のキクさんがもっと殴れと言った、私はまた殴った、弟は大声で泣いた、キクさんが言うことを聞くまで殴れと言った、私は時間を遡って馬鹿な私を止めに行きたい、もう一回殴ったのだ。その手の痛みを覚えている。もっとと言われて私はもういいとキクさんに背を向けた、だがもう遅い。未来からの止め手が届いたとしても何になろう。弟は五十年前の世界でオーイオーイ大声で叫ぶように泣いている。

年を取ると五十年を端折って幼いころが鮮やかな色彩で現れる。黄色い電気の下に湯気が立ち手製のテーブルを囲んで父親がいて母親がいてきょうだいたちがいる。そして弟は殴られる弟であり私は殴る兄である。弟が電車をつかんでガタンゴー、ガタンゴー、言って畳に打ちつけて遊んでいる、泣いたカラスがもう笑っている。おーい弟、ゴメンヨウ、こちらから呼ぶと弟は顔を上げて、だが笑いを消してうつむいてしまう。

ウフフ

五月の連休にやってきたユリ三歳一カ月はおしめが取れていた。タクミ十カ月はあまり泣かなくてハイハイが早い。夜私の上からさっと退いて、遠のいていく何かの気配がして目を覚ますと、廊下でユリとタクミがウフフ、ウフフと笑い合っている。ジーチャンはもう寝たと聞かされたらしい。ドアが開いて、暗い部屋にユリがそうっと入ってきた。私は仰向けにじっと薄目を開けている。すぐ近くまで来て様子をうかがって、それからそうっと出ていった。ドアが閉まって廊下でウフフ、ウフフ。またドアが開いて、ユリが開けているらしい。こんどはタクミの顔がのぞいた、ぺたぺたとハイハイしてきて、ハアハアと息してジーチャンを見上げる気配。そうしてぺたぺたと出ていって、ドアが閉まった。ウフフ、ウフフの声とぺたぺたが廊下でもつれて、ママのいる方へ移っていった。

私の父親と母親がまだ働いていたころ、私の幼い息子がその枕元でチャアチャン起キテ、モウ七ジハンヨと言った。父親と母親はもうろうと起き上がって、壁に並ぶ写真となった。寝たふりは死んだふり。目を閉じて耳にマゴたちのウフフを聞けば、吐く息も身体も長々と伸びて、伸びて。

寝ない子

帰るならユリが寝ている間がいいわ
そうママに言われたが
なかなか寝ないのだから仕方ない
私ジーチャンは玄関に立ってバイバイ、笑って手
　を振る
ユリは怒った目をして口もきいてくれない
ふすまの陰に隠れてしまって出て来ない
ジーチャンだってユリと別れるのは淋しいよ
だけど用事があるんだから仕方ないじゃないか
しかし
いなければいないのに慣れているのに
わざわざ来てそんな帰りかたをするなら
初めから来るなって
言われたみたいでジーチャンは
淋しく一人旅立った

ユリが寝たらバーチャンは帰る
それが判っているから
ユリはネルノヤダと言って
目をこすりこすり起きている
バーチャンは思わずユリを抱きしめる
バーチャンはユリが好きよ
ユリも言う
ユリバーチャンガスキヨ
でも眠い
目をパチ　パチ
パチ
パチ

この子が目を覚ますとあたしはいない
バーチャンは三歳の寝顔を見下ろす
眉間にシワをよせてない寝顔

タイル舗装の歩道

タイル舗装の歩道で若い母親が抱いていた赤んぼうを放り上げ、抱きとめて尻の匂いをかいだ。若い人は凄いことをする。大陸で赤んぼうを放り上げ銃剣で刺した兵隊が、この国でゴキブリのようにビリビリ後継者を生み生み這いずっている。今日赤んぼうは虐殺の危険にさらされ、成長して無邪気に赤んぼうを放り上げる？

若い母親が自転車を立てる。ハンドルに取りつけた椅子に幼い子が乗っている。ハンドルがくーいと向きを変える。危ないですよと声をかければ、大丈夫うちのは馴れてるからと言う。タイルはすべりやすい。揺れる存在の岸辺ぞんざいな挨拶、湿気をはらんだ風が吹く。街路樹が身をゆする。

若い母親の自転車を借りたことがある。前に小さい赤い椅子、背に座布団を敷きこんだ取手つきのピンクの籠、その間にまたがれば、足元のタイルは見えなくてその安定感はバスのよう。ハンドルにつけたビニール製風防は防弾ガラスのよう。こぎ出す重量の勢いは止まらない、まさしく母親のものである。

けれども不意に悲鳴がして金属性の物音が響いて、見ると自転車がひっくりかえって若い女とビニール袋が転がった、と思ったら袋は幼い女の子で仰向けに一瞬目を見開いていたがみるみる真っ赤になって泣き出した。「あたしのこと突き倒したんですいきなり、あっち、若い男、自転車で」あっちだ一一〇番だと通行人の誰かれが指さす彼方を見ればすでに自転車は見えず、帽子や禿やチリチリパーマの頭が高く低く波打つ上で赤信号が点滅しているばかり。その向こう、何も知らない店の並びの前を、悪意がゴキブリのように逃げていく隠れていく。

ひっくりかえされた自転車は人が起こすが、ひっくりかえされた母親はそれに乗れない。ひっくりかえされた子の手を引いて、出された椅子に腰かけた。子は傷もなく頭も打ってなかったが大声で泣いている、母親の傍に立って泣き母親に抱かれて泣いている。母親は自転車を前にうなだれて、子が泣きやんでもまだ乗れない。寒気に陽がかげり雲が垂れてきて、やっと母子は立ち上がり自転車を引いて帰っていった。

雨である。片手で傘をさした若い母親が片足ついた自転車の、前の椅子に一歳半位の白合羽の子、後の椅子に三歳位の赤合羽の女の子、後に止まった子供用自転車から緑合羽の五歳位の男の子が降りてきて、オダンゴ五本ちょうだいと言う。ビニール袋に入れた品物とお釣りを受け取って母親に渡せば、母親は前の白合羽に渡す、その子は両手で抱き取ってばっさとかごにほうり込む、行くよと一声母親が自転車をこぎ出す、赤合羽が振り向いて、緑合羽が自転車にまたがって、タイル舗装の歩道を威勢よくこいで行く。虹の童子たち。

ひっくりかえされた母子の寒気について思えば、それが因で雲が垂れ雨が落ちた。雨は虹の因だ。雨が上がれば母子のために虹が立つだろう。

虹の童子たちが呼ぶ虹が。そう思う。

牧場で

九月初旬の高原の牧場で
小さい馬が三頭
じっと柵に頭を寄せていた
私たちが近づくまで
柵の外には誰もいなかった
寄っていった私たちが声を上げても
馬たちは動かなかった
誰かが草を差し出したが食べない
顔をそむけもしない
いちばん小さい馬は目をつむっている
目に蠅が数匹たかっている
だが頭も振らない

足元に一頭
四本肢を投げ出して横たわっている
どうしたの？　とタクミが言う
腹をゆっくり波打たせている
お昼寝だよ
そして私たちは黙った
飼育されているもののおとなしさは無惨だ
生気が引き抜かれ額の星が引き抜かれ
いななきもなく前肢で宙を掻くこともなく
誰かが立ち去った後のように
誰かが来る前のように
黙っているばかり
私たちは柵を離れて歩きだした
あ、あれ親子だよとユリが叫んだ
見ると馬たちが柵のあっちの方へと去っていく
一列になっている
寝ていた馬が起き上がって

後を追いはじめた
あっちに何があるのかな
さあ
ユリ五歳タクミ三歳、若いパパとママ
その後のジーチャンとバーチャン
みんなで見ていた
牧場の馬たちにわずかに残された
喜びや悲しみ　家族
ほかにかけがえのないもの

雨上がり

ユリは色白で利発で背が高く
家で東京弁外で大阪弁と使い分ける
幼稚園の学芸会はいちばん隅ではっきり手を振り
　歌い
廊下をいちばん後から悠然と友達と話しながら歩
　いていった
タクミはチビで色黒で体育会系で
いつでもどこでもあのな、それでな、そうなんね
ん
入園式はいちばん前の真ん中で
神父さんに頭を抱えられて祝福を受けていたが
くるりこっちに振り向くとアッカンベーした

ユリもタクミも生まれた所が大阪だから大阪弁で
親たちは東京弁に大阪イントネーションが交じる
というわけで
土地の言葉社宅のつき合い世間の流れ
親たちは要領よく神経を使って合わせて
子どもたちは土地っ子だからのびのびだけど
合わせなかったら仲間はずれになるだろう
なんて心配もあったり

住めば都なんて言葉もあったり
歳月を私たちから遠い所で生きている
というわけだ
思えば六十年前私は田舎に疎開して
田舎の言葉に合わせるのに苦労して
敗戦後元いた町にやっと帰れて即座に忘れた
もうぜったい二度と疎開することはない

バス停に行く道でタクミに話しかければ
鼻の下を伸ばして白目を剥いてベーと舌を出す
そうやって幼稚園でおどけてモテてるのとママが
　言う
おいタクミ
ジーチャンにそんなことしなくていいよ
そんなことしなくてもジーチャンはタクミが好き
　だよ
するとコックンして嬉しそうな顔になる

坂道を下れば足首が沈みそう
草匂う雨上がり
バイバイまた来るよと手を振れば
バイバイとあたりに反響した
遠い声である

丘を越えて

夏の休暇の南の島の
プールの縁でタクミ五歳がにこにこと両手を上げ
　た
パパに吊り上げられて一、二、三
反動つけて歓声あげて放り込まれる
つま先立ってやっと口が出る深さ
滅茶苦茶動いて縁にたどりついて上がって
またにこにことしずくに光る両手を上げてまたド

ボン
滅茶苦茶動いて上がってまたドボン
飛び込めないから放り込まれるのが面白い
泳げないから滅茶苦茶動くのが面白い
子供は気に入った遊びを何回でもくり返す
それで私に昔の歌が回りだした
島を回る車の中で
島が動かないから歌が回るというように
「♪丘を越えてエ行こよ
真澄の空はホンガラカに晴れて楽しい心
鳴るは胸の血潮よ、讃えよわが春を
いざ行けはるか希望のオ
丘を越えてエ行こよ」
歌の終わりがまた初めからの始まりで
「♪真澄の空はホンガラカに晴れて楽しい心、鳴
るは胸の血潮よ讃えよわが春を、いざ行けはる
か希望のオ、丘を越えてエ行こよ」
早口でくり返せば言葉に意味などなくなるが
「♪真澄の空はホンガラカに晴れて楽しい心、鳴
るは胸の血潮よ讃えよわが春を、いざ行けはる
か希望のオ」
くり返すところをゆっくり歌ったら
思い出した、丘は希望なのだ
すっかり忘れていた
「♪丘を越えてエ行こよ」

ジーチャンうるさいと言われて私は黙ったけれど
島を回る耳の奥で歌が回った
潮が血のように引いていくマングローブの入江で
カニたちが右往左往していた
沼の中の一頭の老いた水牛がゆっくりと
口まで浮かんでわずかに歯を剥いた
それらの上でしつっこく歌は回った
夏は過ぎ冬が過ぎ春も過ぎたが

雨の朝窓を開ければ
耳の奥でまた歌が回りだすことがある
歴史をくり返すようである
「♪はるか希望のオ
丘を越えてエ行こよ」

＊「丘を越えて」一九三一年　曲古賀政男　詞島田芳文
歌藤山一郎

タダイマ

ユリ七歳とタクミ五歳が生まれて初めて親の手を離れて、二人だけで飛行機に乗ってジーチャン・バーチャンのお店に来るという大冒険をして、白衣を着てレジを打ってお客さんに品物を渡してを二日もやったあげく、連れて行った都心の見知らない混雑の中ではお店のオウチカエロウと言ってくれた、安心だもん。けれども帰り飛行場に送って行ったら、きょうだい手をつないで係員の後について、振り向きもしないで行ってしまった。やがてタダイマとパパとママに駆け寄るだろう、オウチのドアを開けてタダイマ、叫ぶだろう。そういえばパパである息子の方もタダイマと言って実家に入ってくる。

タダイマ。ハラヘッタ、ナンカナイ？　するとアッパッパ＊を着た母が冷蔵庫（氷冷蔵庫・木製小型）から何か出すときもあればないよと言うときもある、おかえりと誰か言うときもあれば影が動くだけのときもある、母があかんぼの悦子の脇の下に黒い背負い帯をかけて私に差し出す、汗の私はいやいや背負う、たいして熱くも重たくもない柔らかなものの息づかい。母が何か言って薄い胸元を片手ではたはた叩く、汗を扇ぐようでも子をあやすようでもある（本当は吐き気がしていたのだ）。母はいるのが当たり前、父もきょうだいもいるのが当たり前、それが口々に何か言っているのだが聞きとれない、二十坪の木造二階建て店舗兼住宅、黄身色の光とこもった匂いと言葉の響き。これは夢ではないか。半覚半睡のうちから私は夢だと思い手を伸ばしもがいたと思う、だけど背中の気配は消え手は空しく空を切り家族は消えていき次の瞬間目が覚めた。言葉の響きの余韻が消えていった。呼び戻せない。父も母もきょうだいもいないのが当たり前の世界である。私は夢から覚めた。夢が私から覚めたのだ。私から夢が消えた。夢の世界から私か消えたのだ。夢はある。一九五〇年代くらやみ坂下商店街、そこに父がいて母がいてきょうだいたちがいる。

六畳の座敷の布団を畳んで出した四角い白木の食卓は、疎開から帰ってすぐ友達の兄さんが作ってくれたものだ。田舎言葉が抜けない私が、もらったその日に脚に墨で「オラガオゼン」と書いたのだ。朝だけはみんな一緒にごはんを食べた。夏はお新香がナス、実がナスの黒いみそ汁でお椀の底に砂が残っておかずがナスのしぎ焼きだ。母が次々ごはんをよそる、そこに私だけいない。父も母もきょうだいもみんな心配しているだろう（あかんぼの悦子は判らないけれど）、どこへ行ったと。私は帰りたい。私は二〇〇六年のくらやみ坂にいる。くらやみ坂はあそこから月ほども遠くて、私は月のウサギのように手を伸ばすが届かない。〈するする耳を伸ばして〉声を聞きたいが聞こえない。父と母ときょうだいのところに帰ってタダイマと言いたい。だけど帰れない。

戸のすぐ外を人が立ち去る音がして目が覚めた。さっさっと粗い息づかいとぞうりの音が遠のいていった。とっさに母だと思った、はね起きて外に出てみれば誰もいない、遠くをさらに遠くなっていく足音もない。静まりかえった夜明けの天地に踏切がカンカン鳴っているばかりだ。だけど私が眠っているとき、歩いてきた母が戸の前に立っていたと思う。だがここではなかったのだ探す家は。母はまだ探している、母の父と母がいるのが当たり前の家を。母は小学校を出てすぐ家を出たから、そんなに短い間しかいなかった家を探すのは大変だと思う。母は三年生のとき父に死なれ四年生のとき母に死なれている。タダイマとは言ってもハラヘッタ、ナンカナイ？　とは言えなかったろう家を、探しているのだろうか。そして母も、母の母が立ち去っていく足音を聞いて目を覚ましたことがあるのではないか。母の母も、母の母の母も。

＊　アッパッパ　夏の女性用簡単服。ワンピース。

目玉やんか

ユリとタクミが帰った後、空き部屋の電話機に充電器をつなぐ。青い光がともる。静かになった家に目玉がまたついた。こわいから消してとタクミが言ったのだ。あれは電話やんかとユリが言う、あれをつけてないと電話が使えなくなるんだよ。知ってるけど、だけどこわいやんかと彼は言う。見たくないのに見えちゃうもん。夜中トイレにバーチャンについてきてもらったと。暗い部屋の隅の一つ目玉の陰気な光。背を低く座ったなに者かがこちらを向いた目の高さにある。な？　お化けみたいやんか。だけど電話やんか。電話やけどこわいやんか。それで私が消したのだ。オレおくびょうなのかなジーチャンと昼間彼は言った、うーん、ものを感じやすいんとちゃうかと私は言った、大きくなればなおるさ。なおっちゃうと言うべきだったろう、なおらない方がいいことだってある。

目玉か。仏壇の上にかかっている写真二枚。真っ正面にタクミを見下ろしているおじいさんとおばあさん。こわくないかい？　こわくない。だってジーチャンのパパとママやんか。

夢を見た。浴衣の裾から黒い足が一本ぬうと下りている。父だ。背を向けてはしごのような階段につかまったまま、きょうだいたちはまだかと言う。あいつらなんで来ないんだと私は思った、どこへ行っちまったんだ。いまだ参上（と言って外を見ればキラキラ川の光、光が足に縞をつくる）つかまつりませぬ。そこは人影まばらな遊園地である。不思議屋敷は部屋の向こうが小さくて上ると思えば下りであり、四方の壁はみな曲がってていてまっすぐに歩けない、階段を一つ上がろうとするとなんだか足がとどかない、光がまぶしくてだれか鏡でいたずらしているみたい。出しっぱなしの父の足は一本足のカラカサのお化けのようである。父も私も落ちそうだ。

いつか父は父の父、私が一度しか会ったことのない私の祖父があぶないというので田舎に行って一週間して帰ってきた。私が父の持ち帰った写真、生き残りのきょうだい八人が縁側に並んだ写真を見ていると、父がじいさんは死ぬ前大量のうんこをしたんだと、と言った。うんと弱った人が大量のうんこをしたらじき死ぬんだそうだ。そんなことは私はすっかり忘れていた。お父さん足をひっこめないかと言うと、うなるようにうなずくが足はひっこまない。

私たちは階段の途中で止まっている。父は足を出したままである。目ヤニのついた白髪のまつげをしばたたいて天井を見上げる。きょうだいたちはまだか。そうか。じゃあもう行くか。もう行くかいお父さん、私が呼ぶと天井を見上げて足をひっこめていく。天井にだれかいるみたい。お父さん、お父さん。だが父はふり向かずこんどは足を出してくる。お父さん、お父さん。足が長く細く伸びてくる。天井にいるのはだれだ。お父さん、お父さん、お父さん、お父さん。

目が覚めると夜中だった。トイレに行こうと寝床を抜けると、不意にぱっぱという父の声を聞いた。ふところの匂いとたばこの匂いが鼻をかすめた。私を見下ろすおだやかな目があった。私は父のふところから手をのばしたのらしい、父は手にしたたばこを遠ざけてそう言ったのだ。父が見上げていたのはなんだったかと思う。

空き部屋を通ると目玉がついている。私が買った電話機のだがちょっと、こわいというよりうろんである。ひょっと隠しマイクかカメラが仕掛けられているのではないか、そんな気がする。

イカガデスカ?

小学校から電話があって、社会科の授業で街のお店やさんの仕事を児童に見させてやりたい、ちょっと、仕事をさせてもらえればなお有難いと言う。滅びゆく小規模小売店の姿を幼い頭に残してやりたい、バイト・パート・フリーターの勉強にもなるか知らん、というのか知らん。だけど当店昼は客がない、で仕事がない。店先の質疑応答でかんべんしてもらった。それでもなんでも、暮れにやる餅つきだけはまだネコの手も借りたい、だけどそういう時は電話はこない。

餅つきともなれば店先にお祝い餅ご注文承りますの大看板出してつき上がりの餅を大小並べて、

ラジカセのマイクで呼び込みをやるのである、女房やヨメやムスコやムスコの友達やバイトがイラッシャイマセイラッシャイマセ、当店自慢のおいしいお餅でございます、○○産特選銘柄○○○○でございます、評判のお餅、つきたてでございますいかがでしょうか？　三軒先でいつもマイクで呼び込みやっていた安売屋の店長が呆れて見ていたこともある。

だがそれはおととしまでであり、去年はマイクなし、女房とヨメがちょっとだけ声を出した。今年はバイトもこない。その代わりマゴがヨメに連れられてやってきた。マゴが店の仕事にくるのは二度目である。春休み子どもらだけできた時は三角巾をかぶってだぶだぶの白衣を着て、一年生のユリがレジ打ちでのみ込みが早い、傍から手を出すとダイジョウブダカラヤメテと言う、幼稚園年中組のタクミはレジに背がとどかない、ショーケースの内側で品物を受け取って小走りに前に回ってお客さんに渡して、アリガトウゴザイマシタ、オキヲツケテオカエリクダサイ、深々と頭を下げてマタドウゾ。私たちも驚いたがたいていお客さんもびっくり笑う、どこ？　大阪？　さすがだわあ。ユリによればガソリンスタンドの店員を観察していたそうである。

こんどは持参した衣装、ユリが赤い頭巾に赤いエプロン、タクミが青い頭巾に青いエプロンつけて、サアと言う。新しくスーパーができたし安売屋は取りこわしたし人通りはてんで少ないし、むだだろうと私は思ったがやってみるわよとヨメは言うのだ、天気はいいが寒い風に赤いオーバーの襟に首をうずめてイラッシャイマセエ……オイシイオモチ……イラッシャイマセエ。ユリとタクミがとって代わって二人並ぶ。広い交差点の向こうから自転車をこいでくるおばさん。ユリが小さい背中をそらせて大声で、イラッシャイマセエ、オイシイオモチイカガデスカア？　タクミがそれより大きい声でイラッシャイマセエ、オモチイカガデスカア？　おばさんはこっちを見い見いこいでいく。通りかかったお得意さんがいい跡継ぎができたわねと笑って行った。

乳母車を押してやってくるおねえさん。ユリ「イラッシャイマセエ」タクミ「イラッシャイマセエ」二人一緒に「オイシイオモチイカガデスカア？」言ったときには遠ざかっていくおねえさん。新スーパー方面行である。私は子どもたちの背中から時代を見る、交差点大通りは海のよう。♪海は広いな大きいな。そうさ海は希望さ、風がニシンを連れてこなくても、俊寛が足ずりしても、海は希望さ。いまの子どもはたくましい、声を上げた時は人が通過した時だ、コロコロ笑ってまた明るい声を出す。私なんか、と年取った私はすぐ過去を振り返る、二十になるまでイラッシャイマセの声が出なかった。帰るお客さんにアリガトウゴザイマシタと言ったら、オマエなんでおれに怒ると叱られたことがあるもんね。まあヒマならヒマで体がラクだちょうどいいや年だから、とすぐ思う。だけどちょうどいい仕事なんか、過去も未来もないんだもんね。……イカガデスカ？……イカガデスカ？……風邪ひくからもう入りなと私は言った、入ってストーブにあたりな。

いすに座ったユリがストーブに両手をかざしてため息をついて、オモッタヨウニハイカナイネエと言った。タカラヅカオンガクガッコウニイクンダという子が、そんなに早くも大人びた声音で。

仕事場で私が明日の米をといでいるとタクミがやってきて、ジーチャン。なんだい？　オレ、ジーチャンの弟子になりたい。――そうかい、と私は言った、――うれしいね。

冬の薄日の怒りうどん

　郵便局で老いた友人を見た。冬の薄日のように穏やかな表情の。歩幅の狭い歩きに見えるあるかなしかの年金と欲求。温度の低い声。起伏のゆるい感情。私は造山運動を終えた山並みを思った。崩落だけが残る終末期の平安。だがそれは見た限りであって、シミのあるその手で顔を覆って、撫で下ろすと憤怒の形相だかのっぺらぼうだかは判らない。私は物陰で膝に置いた自分の手指のねじくれているのを見た。加齢による変形。褶曲《シュウキョク》運動と言えるか知らん。それなら私において老いはなお造山運動であるか知らん。いずれ崩落が始まったら冬の薄日を受けて「希望*」を歌おう。

　でも私は近ごろ怒ってばかりだ。怒るのは正当であると考えるが、テレビに向かって馬鹿野郎と怒鳴り女房はちっとも怒らないのを怒り新聞をしっちゃぶき、怒り憎み目がくらみ失語して詩なんか書けない、あっという間に夕めし朝めし昼めしは過ぎ去り日々は圧縮され埋まり地下の地層になっている。思えば怒り憎しみを（陽気な）詩の力にしたのは小熊秀雄ただ一人だった。私は今日、昨夜のめしが何だったかさえ忘れているのに気がついた。呆れたことにそれを作った女房までが忘れていた。私は詩が書きたい、だからまず昨夜のめしが何だったか思い出そう、そうすれば詩も回復する――そうだ――うどんだった。怒りうどん。グは何だったっけ？

　隣の席にあなたがいればと私は歌う、♪涙ぐむ̶ときそのと̶き聞こえる、希望と、いう名の、あなたのあの歌ああああああああ！　すると女房がちゃんぽんか広東めんかどう違うと言う。私はむっとしてちゃんぽんはうどんの太いのだろ。え？ちゃんぽんは長崎で広東めんは広東だ。ええ？とたんに笑い出して体を折って、体を起こして涙を拭いて、希望はシャンソンかカンツォーネかって、言ったんだあたしは。あんた食べもののほかに考えること、ないんか。

ホーレンソウとエノキダケと鶏肉の煮込みうどん。ショーユの薄味の。じき三歳になるユリに昨日の夜は何食べたと聞いたら、ウドンダヨ。今日の朝は？　ウドンダヨ。ママにうどんだけ取り分けてもらって、片手おわんをかかえて片手大きなフォークに一本ひっかけて、小さな口を大きく開けてくわえると、私を見上げてにゅるにゅる吸っていって飲みこんだ。まる飲みだ。そうしなければいられない。おしめがなかなか卒業できない。トイレでオシッコできた。ママに責められて大泣きしてできた。ウンチもトイレでするのよと言われて、ワカッテマスと言ったと。そしたら数日してウンチもできてその夜からパンツで寝た。タクミはおしめを布のに変えたらユリより半年も早く卒業したと。洗うのは大変だけど経済的で簡単で、布のおしめはすごく気持ち悪いのだ、ある日とつぜんトイレイクと言ったと。そうしなければいられない。手づかみでうどんを一本持ち上げて、顔を口にして持っていく。二回噛むと口の中に何もない。ウドンダヨ。うどん好きかい？　ウドンスキ。体が欲求するらしく家でじっとしていられない一家である。休みごとお出かけする、お弁当を持って公園に行く。すると樹木の枝ではカマキリが希望に向かって匍匐前進、口一心に呑みこみ進み尻一心に排泄しているのである。

高原の牧場は傾斜地だ。動かない馬と牛に風の音。牧草地をユリとタクミとママとパパと女房と私と一列に、腰を引いたり出したりして歩いた。ビニール製の巨大なサイコロが点在していた。牧草を巻き固めて醗酵させて冬の間の餌にする、サイレージというそうだ。傾いていた。草に顔を近づけたり離したりして近寄った。乗ってみようよとユリが言って、たちまちみんなよじのぼった。そんなことをしてはいけないのだろうが、しまいに私まで手を引っ張られて上った。牧場と山並みを見渡して、オーイ、ヤッホー！　こだま。私には耳鳴り。高空をカマキリ状の消費の化け物が排泄物を広げていく。雲が西から東へ流れ、立ちながら私たちは東から西へ流れる。ぐらりサイレージが傾くようで、私は腰を落として足踏みする。女房が笑って足踏みする。ユリが足踏みしながらオーイ。タクミが足踏みしながらオーイ。二人一緒にオーイ。パパとママも足踏みしながらオーイ。じだんだを踏むようである。私はサイレージにしがみつきたい。この国は傾いている。どいつもこいつもあっちへ転がり落ちてくようだ。私たちはシーソーに高く斜めに持ち上げられて、見世物ではないぞ、落とされてたまるか、これ以上あっちを重くしてはならない。私は叫びたい、オーイ、レストランでめしくってるやつらー、みんなこっちこーい、こっち乗って重くしろー、馬こっちこーい、牛こっちこーい。

＊　希望　作詞藤田敏雄、作曲いずみたく、歌岸洋子

帰りの電車

空港行きの電車に乗って
空いた席にタクミを座らせようとすると
オレ、イイノ？　と言うのをいいよと言って
向かいの席に私を座らせようとしたユリを座らせ
　て
私ジーチャンは立っていた
昼めしはカレーライスだった　豚骨スープの
ジャガイモとニンジンと豚コマ入りの　と思い出
　して
両手を上げて平衡をとっている
ザリガニかカマキリのようである
タクミは体を傾けたり戻したりして
放心している　しずくが垂れる傘を握って
風雨が急に強くなって、突風で傘ごと体が横向い
　たのを
ジーチャンのすぐ後にくっつきなと私は言った
ユリはタクミの後を離れないで、二人とも傘をし
　っかり握って
力いっぱい風に真っ正面に向けるんだ
マエガミエナイヨ
ジーチャンの足を見て歩くんだよ
大波に舳先を立てろ
祖父は祖父らしくあるのを見せねばならぬ
私は前が見えないが
その足にいっしょうけんめいついて駅まで歩いた
おどけの顔をするのを忘れている
人におどけしてみせるのは
オネエチャンが出来がいいからか

大阪だからか
物事をよく観察している小さく弱く激しい子
これからきょうだいだけでまた飛行機に乗る
やはりそれは緊張で、前はそのあまりぐったりし
てしまった
オトウトガキモチワルインデスと
ユリが乗務員のところまで言いに行ったというが

ユリも放心している
幼い頃はいつも笑顔の中心にいた
大きくなれば笑顔はよそへ移っていく
休み時間はマンガのお絵かきをしている
数年後はケータイ買ってと言い出すか知らん
ママ「人に負けないものを一つ身につけて支えに
させたい」
今水泳クラブで一度に二〇〇メートル泳ぐ三年生
一年生のときタクミが柄の大きないじめっ子に叩
かれて
そっくり返って大口開けて泣いたら
ユリが大手を広げていじめっ子に立ちふさがって
タタイチャアカン！　とどなって退散させたとい
うが

きょうだいケンカでタクミが手に噛みついた、ユ
リは泣いた
オネエチャンはタクミに手かげんしたんだろう
それなのに噛みついてどうする
タクミは男だ、男は女を守るもんだ
タクミはオネエチャンを守るんだぞ
するとコックリした
オレヨリデカクテオレヨリツヨイノニ？
という言葉を飲み込んだ目だったが

帰ったら学童保育である

ちいさな体の手足を広げて平衡をとっている
この国のこの時代のこの階層の
幼年期の終わりを私は見ていた
終着駅のドアが開いた
さあ行こうと私は言った
ユリとタクミ、手をつないで

あとがき

一九九九年から断続的に書いてきた孫の（および孫に触発された）詩を集めました。孫の詩なんて忸怩たるものがありますが、無理しても今出さないと先行き出せなくなるかも知れず、七月急に思いたちました。支出と空しさに耐え、資源浪費の罪悪感に耐えて詩集を出すのは、ある種の昆虫の行動のように行先不明な説明不能な、しかし健康な行動です。十冊目の詩集です。今回は装幀まで含めて仲山清氏にすっかりお世話になりました。深く感謝しております。

二〇〇七年七月　　甲田四郎

詩集『送信』(二〇一三年) 全篇

換気扇

換気扇の羽根が重たそうに回りだして
ギイギイギイうなりだす
抗議のようである
ヒモ引っ張って止めて、また引っ張って動かす
羽根がこんどなうならずに回っている
あきらめたようである
短い平安の時にいる

手をうつべきなのだ
今日一日がかりで掃除した(女房が)
床を流し台を仕事台を腰板をボイラーを
ゴシゴシゴシ、ゴシゴシゴシゴシ

このように私たち(女房)ガンバルのであり
抗議に応えるごとくではあるが
応えていない　換気扇に手がとどかない
人がやってきてそれを見る
だけど気がつかないふりをする
やさしい他人もいるのさ
それなのに換気扇がまたうなりだす
ギイギイギイ手をうてうたないと
手おくれになるぞギイギイギイ
私も他人も見上げて確認してしまう
私たち(女房)の頑張りの
手のとどかない上空の
孤独な換気扇
その短い未来

上を向いて歩こう

五月連休
死んだ人を置いて
新幹線空港満員高速道路大渋滞
がらんどうの街に残っている人は
死んだ人と一緒にいる
私（おじいさん）は女房（おばあさん）と柏もち
　を売り
いつもはだんご一本に柏もち一コの
女性（おばあさん）が柏もち三コ買ってくれる
家に残っているということは
車は持たない携帯は持たない
日記は書くが家計簿はつけない
朝食が何だったか摂ったかどうか忘れるが
死んだ人が空気のようにあるということだ
汲み取り券、衣料券、外食券、強制疎開、
空襲、焼け跡、生き別れ、死に別れ、
飢え、買い出し、かつぎ屋、満員電車、教科書墨
　塗り、
戦死公報、進駐軍、パンパン、新憲法、
戦争をしないということ
シベリアから叔父の帰還
銭湯で口笛を吹いた上を向いて歩こう
家族が増えてそれから減って
歳月は死んだ人と共に流れる

残らない人から見れば
死んだ人はモアイ像のようではあるまいか
そこにそうしてあるのはなぜか
忘れてしまっても
自分が帰るのを待っている

死んだ人はそれよりほかにすることがない
時に上を向いて歩こうと口笛を吹く

ひとつから

和菓子組合からビラが来た
「ひとつから、お気軽にどうぞ」と書いてある
人はなかなか一つくれとは言いにくい
言わないで買わないで行ってしまう
一つでいいんだから買ってくれ
それを組合がビラで言うとは驚いた
みんなそんなに売れないのか
私昔組合で言ったことがある
人がヒマだと聞けば安心するけどさ
安心したって仕方がないよな、売れなけりゃあ
すると松葉屋のじいさんが叫んだ
ちがわい人がヒマなら安心だい
自分だけヒマなら大変だい
そうだやはり安心だ、安心して
いちばん目立つ所に貼ったら
本当にひとつくださいと言う、一つ八五円のやき
　だんご
今までだったら今食うからそのままくれと言うの
　を
この人は包んでくださいと言う
いちばん小さい経木を半分に切ってくるくるくる
　んで
包装紙のいちばん小さいので包んでテープで止め
　て
ニッコリ出したら袋に入れてください
千円札でお釣り九一五円
ひとつから、始まる
始まってくれえ

でも経験から言えばこういう人はもう来ない
ものには下見ということがある
忘れた頃三〇コ買いに来ることもある
でも来ない
立ち止まって見る人がいることはいる
でも来ない
我慢する
でも来ない
自分が悪いのである
勉強が足りないのである
昨日戦争に負けた
そんな昔のことは覚えていない
明日戦争があるだろう
そんな先のことは判らない
みんな通り過ぎる
あっちへ行ってしまう
なだれを打ってにぎやかなあっちへ
墓場から出てきておどろおどろしく踊るファッシ
ヨへ

私は具体で生きている

コンビニのカップラーメンは一七六円だが
血圧に悪いからダメ
チェーン店の弁当屋は大音響で女の早口の歌を流
していて
目の奥に響くが店に入るまでは忘れていた
サケ弁一つ三九〇円、飯が小盛だと三四〇円
参入したいができない値段だ
チクワのてんぷらと何かのフライと何かの漬物は
血圧が上がるから捨ててサケと飯だけ食べる
女房がタマネギの味噌汁を作ることになっている
ビニール袋をぶら下げて店を出れば晴天

一〇階建マンションに両脇と後ろの三方を囲まれた谷間の
三階建巾一間半の新築床屋のサインポールがくるくる回っている
あらゆる誘い働きかけその他いろいろに乗らず応じず
土埃大音響振動いろいろの下で回っていたサインポール
亭主の胃に穴が開いた時も板囲いの下で回っていた
マンションの完成前に木造二階を軽量鉄骨三階に建て替えた
その間三カ月五〇〇米離れた借り店で回っていた
気がついたら開店して回っていた
回っているサインポールは
鏡の前で寝ている客の後や横を
すっかり老けた女房がサンダルを引きずって回る音がする
もっと老けた亭主がもっとべったり引きずって回る音がする
「がんばった人にはそれなりの幸せがいつかきっと扉を叩く[*1]」
音である

今夜は十五夜　ほんのり甘い月見だんご
店先にススキとだんご出して売る
女房も私もサンダルを引きずって
売れないが売る
人が通る度女房がいらっしゃいませいらっしゃいませ
それを聞きながら私が先にサケ弁を開く
高校の昼休み
私が弁当を開くと玉子やき（じつは炒り豆腐）で
その時「鉛の兵隊の行進[*2]」という音楽で伝達事項

の放送が始まった
まいにち玉子やき（じっは炒り豆腐）で「鉛の兵隊の行進」で
しまいに玉子やき（じっは炒り豆腐）を見ただけで「鉛の兵隊の行進」が耳に鳴った
その条件反射が二〇年続いたのを思い出す
まいにち四つ弁当を作っていた
母が引きずる草履の音も聞こえた

＊1　太田正子作詞　さだまさし作曲「下宿屋のシンデレラ」
＊2　ガブリエル・ピエルネ作曲「鉛の兵隊の行進」

奉安殿の石段

村の国民学校の図画の時間
私は地べたに座って奉安殿を描いていた
石段つきのコンクリ製の小さなヤシロ
天皇の写真と教育勅語の所蔵庫
敗戦の翌年まだ残っていた
石段のところを描いていると
中川先生がやってきた
おまえ変わったものを描くんだな
私はうーんと言った
きのう奉安殿の後ろで〇〇と〇〇が〇〇〇〇やってたぞ
と村の子にささやかれたからだとは言えない
先生は黙って私の絵を見ていたが
石段の影をよく見ろと言った
濃いところと薄いところがあるだろう
私は五段ある石段の影をじーっと見た
でもどれが濃くてどれが薄いのか判らない
けれども先生はよーく見ろとまた言う
ほら、下が濃くて上の方は薄くなるだろう

私は見つめた
一段　二段　三段　四段　五段
真昼の石段の面の輝きが目の奥を刺して
六十年経っても思い出せば眩む位見つめていたが
影はどれも同じである
先生は行ってしまった
翌日から休んで
まもなく肺結核で死んでしまった
丸刈りで生え際の丸い額の静かな人だった
病気持ちの兵隊帰りだった
私は疎開してきた青ビョウタン（瓢箪）で
疎開っ子たちが歯の抜けるように欠けていく中で
帰れる日を待っていたのだった

先生の変な言葉を
成人しても私はときどき思いだした
同じ地の石段の影の一つ一つに濃淡があるとは
いのちの存在に濃淡があることか
それを死に近い人が見たのだろうか
そんなことを考えたりもしたが

六五年も経って昨日やっと気がついた
石段の面は光り立面は影で暗い
私は石段に影をつけてなかったらしい
先生は石段をよく見て影をつけろと言ったのだと
　思う
奉安殿、天皇の写真、教育勅語の前で
そんなもののために生を使いきってしまった中川
　先生と
そんなものの形骸を「無心」に描く子どもの私と
一度だけ石ころが転がるように近寄って
離れていったのだ
互いに互いが判らないまま

ハト

広場のハトが一羽広場を出て通りを渡り
木戸の内の通路一〇メートルの突き当たり
ドアの脇の自転車の車輪の陰に
うずくまっていた
カラスに追われたのだろう
広場では仲間たちが地べたをつつき回しているが
一羽もこっちを見ない
カラスもあたりに見えないが
なぜこのハトが狙われたのかと思う
信用金庫の社員が集金にやってきた
ハトが急いで羽根を広げて畳んでヨチヨチ駆けて
木戸近くで外をうかがい後ろをうかがう
「転勤になりました後で引き継ぎを連れてきます」
「片道二時間の通勤が三時間半になります」
吸収合併された方の社員は遠隔地に四散する
「大変ですねえ」
ドアを開けると足元からカラスが羽音を立てて飛
　んでいった
ハトが車輪の陰で背を壁に貼りつけている
カラスは低空からまっすぐ上昇して向かいのビル
　の屋上の
給水タンクのてっぺんに止まった
クチバシをあらぬ方に向けてこっちを見ない
それからどこかへ飛び立った
社員は自転車をこいでいく
吸収した方のいじめは執拗である
中年過ぎの苦労が苦労で済めばいいのだが
下はすき間で背は低く上に屋根はない木戸だが
それでも一応閉めてやったら
しばらくしてハトがまた首を出して

体を出して、ヨチヨチ、またヨチヨチ
カラスはもういないのではないかと思われるが
気をつけろよ
木戸の下をくぐって出ていった
だが小一時間ほどしてドアを開けると
ハトが木戸のすぐ内で地べたを片方の羽根で打ち
広場の仲間の方を向いて宙を掻き
のたうち回っている
やられてしまった
ただ楽しみのように狙われ追われ待ち伏せされ
食われるのでなく殺されるに至る
ハトの楽しみは何だったろう
常に餌を探して地べたを歩き
餌がないときは飢えていく
私はまれに一羽が一羽をヨチヨチ追いかけ
一羽が一羽にヨチヨチ追いかけられるときを見た
非常にまれに一羽が一羽にひょいと乗っかり
一羽が一羽にひょいと乗っかられ
次の瞬間には降り降りられるのを見た
あまりに短い歓喜の瞬間の
次の瞬間には餌を探して地べたを歩く長い時間に
　戻っていた
草食性の一羽のハトの

栗の木

治療は長引くというのと合意しはしたが
歯医者九カ月通ってまだ終わらない
椅子け飛ばして帰りたい
「舌を上の歯の裏につけてください」
短いのを無理に左右に背伸びして
窓のすぐ外
しきりに電車が往復する複々線の

向こうの線路際の大きな栗の木を眺める
電車が来ると躍り上がって
十輌連結が通る間
右に左に上に下に躍り続ける
火にかけられるとややあって
貝殻にくっついた身を大きく右へ伸ばし左に躍ら
　せて
息絶える
アワビの踊り食いを思い出す私の目の
間近を地響き立てて十五輌連結がさえぎる
電車が過ぎた後の栗の木は一際揺れて
静かになるが
じきにまた躍り上がる
躍り上がり続け躍り上がらせ続けるのは
誰の合意によるものであるか
栗の木を眺める私の目を
じつにしばしば電車がさえぎるのは
誰の合意によるものであるか
眺めればさえぎられる
さえぎられれば見たくなる道理だ
躍り上がる栗の木
梅雨近い空に緑が息づいているが
その下に子どもたちのいない栗の木

冷凍庫

温暖化防止と経費削減である
シャッターを下ろして電気を一つ残して消して
エアコンを切ると分厚い熱気が押し寄せる
具合が悪い業務用冷凍庫の地下鉄のような音が
地下鉄が鉄橋を無限軌道で走る音になる
だが私たちもうじき上がる
ほんのいっときのガマンだ

こいつ冷えが悪いのに水が垂れて床を浸すので
周囲にいっぱい古新聞を敷いて吸い取らせている
が
床ごとびしょびしょで真っ黒だ
音が止まると息が絶えたよう
小さな音をさせて
女房が背中を汗で濡らして
水で重たい黒い破れやすい古新聞をはがす
私はそれを家の外に運び出す
外に黒い水が広がっていく
女房が床を拭く
私は古新聞を運んできて床に敷く
それがみるみる濡れていく
古新聞をいくら敷き直しても
もちろん何も直るものはない
女房はため息をついてまた背をかがめる
死に近い父の看取りで
毛布をかけ直したり
雑巾で床を拭いたりしては
すきま風のようなため息をついていた
私たち冷凍庫を看取っている
おろかものが爆発して動きだした
すきま風のようなため息をついて
私たち地球を看取っているようである

送信

休みの午後部屋に掃除機をかける
明るい日差しに畳に埃と毛がいっぱい見える
隅には綿ぼこり
ワウワウ吸い取る
フィルターに吸い取りながら吐いている空気は
ゴミを除いたきれいなものだ　そうではないか

私は掃除機と一緒に吸いながら吐いている
昔バキュームカーも吸いながら吐いていた
だからどうだというのではないが

暗い天井に日光が反射しているキラキラ
詩の閃きのようだ
誰か遊んでいると思ったら
交差点の向かい
鞄を下げて立っている男の腹部でキラリ
また日光を反射した　ベルトのバックルが

送信している　自分で気づかないで
男が自分の些細な輝きを
私に　街路樹に　空の果てに
朝からも日暮れからも遠い交差点で
ふくれた鞄のように疲れているよ
いるよ　いるよ

私は光を反射させるものを持たないが
空へ目を投げてゴミを吸いながら吐いていて
私もまた送信する者だ　そんな気になる
そしてまたある日私はゴミを吸いながら吐いている
交差点にまた鞄をさげた男が立っている
腹部からキラリ送信するかと思ったが
些細なことでも二度はない
空の果てまで

味覚

四十年間もらっていた注文が突然切れた
四十年とは高校生が高校生の孫を持つにいたる歳月だ
その歳月を見に行った

カラスが多い町である
町工場の建物はあったが
内部が空洞だった
中身をそっくり食われたハトの皮のよう

孤立していたんだと思う
しばらく私は立っていた
隣の仲間が撃たれてもただ立っていた
どうしていいか判らなかったから立っていた
そして絶滅したアメリカ野牛のように

カラスが音を立てて飛び立った
孤立した生き物の脳髄から脚の先まで食ったのは
投資ファンドとか銀行とか
資本主義の機構そのものだとかいうけれど
過食症に犯されたカラスの眼
トイレに立って食ったものを吐いてまた食い
残らず吐いて残らず食う眼だ
味覚があるのかと思う
なぜ皮を残したと思う

ある日テレビで見た
カップラーメンにコロッケ一つのせたのを
不自由な左手で食べる女性高齢者がいる
息子が作って、立ったまま一緒に食べている
いつもはコロッケはないのだろう
今日はコロッケをおごったのだろう
コロッケに近々と顔を寄せて食べている母と
その動かない表情の底にあるものを
見ながら食べている息子とを
つなげている熱いものの味覚

約束

冷たく固くなった母の両手をとつて
指と指を折り曲げて組み合わせて
胸の上でおにぎりのように両手で押し包んで合掌
　させた
手を離すと死者はひとり
母の顔の両脇、脇の下、腹、腰、両腕両足に
ドライアイスを宛てた
しんしんと底冷えのする夜更け
棺の中でガサと音がした
（頼んだよ、約束だよ）
蓋を開けると母の顔が変わっていた
それから夏が来冬が来夏が来冬が来十度目の夏の
　夜
冷凍庫の扉を開けると
母が白煙の中に立ち上がり
私の手を強く握った、しびれる位
目が覚めても手が冷たくしびれていた
（頼むよ、頼むよ）
言葉が耳に残っていた
それからまた冬が来夏が来冬が来夏が来
女房が集金に来た信用金庫にお金を渡す
信用金庫が冷たいですねこのお金と言う
そうなのよ、冷凍庫にしまっているの
人には言わないでよ
三十六年経てば女房に冷やされた大事なお金は
かすかに果たせなかった約束を思い出させながら
日常の笑いの種になる、ナンセンスの

じじいたち

（省エネ電化も）買わない（車も）持たない（消費期限過ぎの弁当も）捨てないその上（金を使わないように）外に出ない、なんにも四ないですもんと信用金庫が言う。私はハガキを書きながら店番する。右へ老老介護が車椅子を押していく、左へ三人リクルートスーツが沈黙して通過する、右から顎と額の長いじじいが来て赤飯パックを見下ろして、顔を上げて私と目が合って出しかけた手を引っこめて通過する、広場のじじいだ万引き男。目と目が離れて鼻の出っ張ったじいさんが柏餅三コくれと言うのでいらっしゃいませ、こし餡とみそ餡とつぶし餡がありますがどれにしますか、するとなぜ怒るんだと言う、へ？　怒ってなんかいませんが？　それじゃばかにしてるんだ俺を、ものを教えるような口利きやがって、だって柏餅は三種類あるんですから何だか判らないと困ります、ソレ怒ってるじゃねえかなぜ俺を怒る、なんで私がお客さんを怒るんですか、その顔がそうなんだよ、すいませんねえこんな顔で、品物を受取るとレシートくれ、（コストをかけさせるんだ）ニッコリ笑ってちぎって渡すとひったくって立ち去った。初老のサムライがぶつかりそうになった子どもの頭を微笑して撫でて落ちついた目であたりを見回す。あのご仁、と勘兵衛なら言うだろう、だがそういう人物に限ってウチに来ない、昼から客は変なの一人だ。

憮然として目を転ずればまた広場に汚いじじいたちがいる、今日はなんだか人数が多い、ビニールシートまで敷いて飲み食いしてやがるどっと笑ったりして、中に目と目が離れたのがいるではないか、とたんに判った周りのコンビニや居酒屋がおとなしい訳が、買っているんだ、それでウチからも買ったのか柏餅三コ。

朝広場を通過するのは通勤者である、じじいたちは通勤しない者である、広場に入口は四カ所あるが私に近い入口は通勤者が通らない、彼らはそこにたごまるのである、縁石に座って夜明けからとっぷり暮れるまで、暮れても延々となにかしゃべっている、白髪の眼鏡など一人で雨に傘さして座っていた、ゴミを散らかして片づけない、ハトが食いきれないほど餌をまく、アゴヒゲアザラシみたいな小太りは手押車に大袋十コ空缶を積んで放置する、誰だかは布団毛布鞄椅子座蒲団を放置する、昼日中トドみたいな髭だるまがコンクリに頭をつけて寝ている、事情を知らない人が私のところへ来て救急車を呼んでくださいと言う、胸板薄い若いのは向こうに共同便所があるのにこっち側で立ち小便する、気味悪い声を出して吐く、とにかく汚い気味悪い、男も女も子供も寄りつかない、周りの商店はツツジと立木でいくらか助かっているのだ、向こうのポストに行くために入口に入る私をジロジロ見る、私はそっぽを向いて通過する、帰りもそっぽを向いて通過する。

少し前になるがアゴヒゲアザラシが入口に背を向けて座っていて、私は通行の邪魔だどいてくれと言った、入口はふさぐな、ここはおまえら専用の場所ではない。すると立ち上がって二、三人で私を囲んで、おまえいい度胸だな。おまえらは悪い度胸だなと私は言ってやった、周りを見ろ、人は見えないが店の奥からみんな見ているぞ、ここに住んでいるおれをどこかの馬の骨が囲んで文句つけているのを囲んで見ているんだ、決して好意は持っていない目でな、おまえら周りの食い物屋の商売の邪魔をしているんだ、このままいつまでもは続かないぞ、判っているのか。じじいたちは判っている、だから実は怖い、だから余計騒ぐ、人数がない時はおとなしい夜中になるといなくなる。

それから少し経って私が自転車に荷を乗せているとアゴヒゲアザラシが真っ直ぐにやって来て、これはおまえか。段ボール板を突き出した。「おまえらは世の中の役に立たない人間のクズだ　死ね」黒マジックで書いてある。座る背中の木に縛ってあったと。おれじゃない。おれは文句があれば面と向かって言う、こんな卑劣なことはしない。じゃあ誰だ。知らない。しかし私の周りの現在の風景を見回せば見当はついた、正面切ってものは言わない陰でコソコソの陰湿陰険匿名の臆病者卑怯者、今も隠れて見ている、そうだこないだも見ていたが私が殴られても決して助けに来なかったに違いない、このじじいはそいつに言っている。大声になって、おれは空缶を集めて生活を立てているんだ。腕を振って、夜中働くから昼間寝るんだ、汚いそれが悪いことかおれが曲がったことをしているか。

今日はじじいたちが特にやかましい、白髪、顎長、アゴヒゲアザラシ、胸板薄いのに目と目が離れたのその他が酒盛りして手拍子打って唄まで唄っている、♪チャンチャンチキチチャンチキチ、地獄の沙汰も金次第、小判の雨でも降ればいい、チャンチャンチキチチャンチキチ、だが私はポストに行かないと困るのだ、ハガキを持って背筋を立てて歩いていくと、アゴヒゲアザラシが立ち上がった、こんどは何だと身構えると、おまえのとこで木曜の朝出した新聞を持っていってたのがい

ただろうと言う。ああ、ひげの濃い大男か。ああ、
死んだんだ。私が資源ゴミに出した新聞紙の束を
指して、――これ持ってっていいですかと、ただ
一人私に丁寧語を使った男だった。

＊ 黒沢明監督の映画「七人の侍」「どん底」から一部借用している。

暮れの匂い

壁のペンキを塗り直す時期が過ぎている
床のタイルが二カ所剝がれている
カツン、カツンと階段を下りながら
昔貧乏でゼンソクだった友だちを思い出す
年の瀬を越すに越されず越されずに越す
と暮れになると言っていた
そのしわぶき　その匂い

私もほかの友だちのだれかれも
彼ほどではなかったが
大差なくそれぞれが貧乏で
口にすることはなかったが
それぞれが匂っていた
私は車の廃車、駐車場の解約を決めたところだ
それは昔の貧乏とは違うけれど
まったく
今でも正月というものは否応なくやって来て
その度耳もとで彼が言うのである
♪年の瀬を越すに越されず越されずに越す
気がつけば
彼はなん十年もそう言って私を励ましていたのだ
った

ゴミ袋を下げてきた女房が
変な匂いがすると言う

私はむっとする
右腕を上げてかいでみる
ホームレスか誰かどこかにいるんじゃないかしら
恐いわよ見て来てよ
それで階段を上がっていくと
四階分の暖気が集まる屋上内側の踊り場の
床いっぱいに汚い大男が丸くなって寝ていた
背筋を立てて大声で
黙って人のウチに入っちゃダメだろう
するとむっくりと起き直って
口の中ですいませんと言って
私の脇をすり抜けて階段を下りていく
私はその背中について下りていく
女房も友だちも子どももいないのか
揺れる背中の匂いは昔
たいてい私たちのしていたものだ
すいません、ホームレス初心者なもんで

寒気に開け放たれた入口で
笑ってみせて出ていった

どこ行くの?
広場に向かう私の背中で女房が言う
ねえ、どこ行くのお?
ポストだよと振り向かないまま私は言った

開聞《かいもん》八月十四日

開聞行きバスは乗客が私と女房だけ
終点近くなって運転手が
「開聞駅でいいんですか、何もないところですよ」
「いいんです、指宿枕崎線に乗るんです」
しかし止まったのは油照りの街道で
「駅はどこですか」

「そこを左へ入るとあります」
人家はなくて草いきれの空き地があった
隅に不似合いに立派なトイレがあった
突き当たりの低い土手がホームで
屋根つきの待合室があってベンチがあった
草の中左右一直線に錆びた線路の上を
カラスアゲハが舞い赤トンボが泳ぐ
線路の前は竹藪
スカートに鼻をくっつければ
その主の顔は見えない
そのように開聞岳の
六十五年前南下する特攻機が最後に見た本土の山
の
姿は見えない
広場の隅に特攻花が植わっていた
指宿の旅館の庭に赤黄色の小菊が植わっていて
掃除係にあれは何ですかと聞いたら

言下に特攻花ですと言ったのだ
「本来の名は何ですか」
「さあ」
しかしよく聞いてくれましたというように
支配人から部屋に電話がきて
「あれはオオキンケイギクといいます
原産はナントカ国で、特定外来生物で」
掃除係がドアを叩いて
「あれはオオキンケイギクというんですって」
特攻機の基地には小菊の群れが咲いていた
それを人が特攻花と呼んだのだった
知覧の記念館にある特攻機は
兵器というよりはりぼての玩具のようだ
一木一草余さず動員された戦争末期
爆弾を抱えてようやく飛んでいって
敵艦に突っ込む前におおかた撃墜されたという
記念館の壁という壁に並んでいる特攻隊員の写真

所々剝がされて空白になっている
朝鮮出身隊員の写真があった跡だ
現韓国の遺族が
かれは日本人ではないと言ったからだ
かれは日本人ではない
私はそのことを知っている
かれは韓国では祀られているだろうか
私は判らない
記念館は空白について黙っている
日本国がかれの国を奪い言葉を奪い
その身を殺したことを隠している
特攻花
黄色に血がにじんだ色
特定外来生物
(日本の生態系に影響を及ぼす恐れがあるので
移植、栽培が禁止されている)
隠されたもののために咲いている

下町風俗資料館

六軒長屋のいちばん端が私たちの住まいだった
三畳と押入つきの四畳半
小さな箪笥二竿と鏡台
母親が手拭いに唾をつけて私の目を拭いてくれた
柱時計がゼンマイをきしませて時を打った
とっつきの土間が水場で
禿頭の父親が砥石を湿らせて包丁を研いでいた
裏の縁側と雪隠の先の
板囲いの物干し場に光が細くこぼれ
アジサイとヤツデとクモの巣が光った
路地を豆腐屋のラッパが通っていく
隣の三味線屋のおじさんとおばさんちの
ニカワの匂いが強くなると

部屋の天井がかっと赤く染まる
長屋の板壁に裸電球が灯る
夕焼けが屋根の向こうにあかあかと燃え上がり
私たちの暮らしを美しく照らしだして
消していった

下町風俗資料館を出ると
夜の街は金属片が降るように明るい
地平近くの空に濃い赤い帯が延々と続いて
街を囲む輪を作ろうとしている
米軍が街を囲んで撒いた焼夷弾の巨大な火の輪が
上昇気流を呼び業火を吸い寄せてくる
輪の中にいた恐怖の匂い
逆立つ髪の匂い
サイレンも爆音も悲鳴もなくただ
いちめんに燃え上がった私たちの暮らしの匂い

（下町風俗資料館は上野不忍池畔にある）

熱帯夜

暑さがハエの群れのように沸き立つ
日々押し寄せる瓦礫の圧倒的な匂い
逃れる時も場所もなく立っていれば
右腕にさざ波が走る　左にも
見ると発疹が吹き出ている
「今までかぶれなかったものに突然かぶれること
　がある
それが何だか探して断たなければ治らない」
薬を塗る　かゆい　掻くから余計かゆい　痛い
私も匂うのが判る　かゆい
私が匂うから私の身内もよみがえる　かゆい
あの町あの家あの一隅あの時間の匂い

傍らを過ぎる身体の匂いは
女房というものの匂いだ
背中を駆け回る匂いは
子どもというものの匂いだ
それから
私を懐に入れたひげと煙草の父というものの匂い
手拭いを唾で湿して私の眼を拭いてくれた
母というもののしょっぱい匂い
日々瓦礫の匂いが圧倒的であればあるほど
私は匂うのだ　かゆい

発疹の腕をつくづくと見る
この腕に仕事くれと思う
仕事くれ仕事させろ
老いたからこそできる
そういう仕事があるはずだ
と言うのは老いた人間ばかりか

燃料のない冬が過ぎたように
このくそ夏だっていつかは過ぎるが
仕事がない腕は
かぶれが治らない
私はただ匂う
ただ身内の匂いをかぐ
このこともいつかは過ぎる

出勤

日常の朝人がすることは
出勤だ
日常を取り戻すためには
出勤することだ
君は身を起こす
めしを食って家を出て

朝もやの中を歩き出す
日常だ
君はかけがえのないものたちをなくした
なくなったものたちにとっても
君はかけがえがない
だからその耳たちが
海の底で瓦礫の底で
君が出勤する足音を聞いている

日常を生きようとすれば
出勤こそすべてのことの始まりだ
何はさておき、何はともあれ、とにもかくにも
出勤すること
管理職平社員正社員派遣社員パート日雇い
格差社会の上下左右晴雨にかかわらず
朝めしを食ったか食わないか
希望や断念期待や諦観にかかわらず

黙々と体を動かしていく
生活がこのことで成り立っている
このことが生きていくことだ
その具体的行動の始まりだ
上役にいじめられていても
同僚と仲たがいしていても
胃痛ウツ糖尿高血圧ガンであってもなくても
起きられる限りは
起きられなくても無理矢理起きて
ローンや仕送りを背負っていてもいなくても
残業手当のつかない残業が延々続いていても
降りたくない駅に閉まるドアを止めて降りて
進まない足を進める
それはなにかの罪による懲役のようだけれども
その日常が要るのだ
なくなったかけがえのないものたちは
戻ってはこないけれども

君は日常を取り戻す　出勤する
日々の小さな行動を繰り返す

私は敗戦後焼跡で流行った替え歌を思い出す
♪朝だ五時半だ、弁当箱下げて、
家を出ていく、おやじの姿、
服はボロボロ、体は真っ黒け、
万年ヒラの職工勤務、月月火水木金金！
戦争で儲けて敗戦で裸になって
すっかり変わって
また出勤を始めて
私たちを生んで、食わせた
なつかしいおやじの姿よ
そのように君は出勤する　そして
やがてかけがえのないものたちを生む
食わせる
それがなくなったかけがえのないものたちの
祈りではあるまいか

正月シャワー

寒い朝私もきょうだいもたいていは足の裏を縮めて指とカカトで歩く。でもかれは足を反らせて指を持ち上げて歩くのだ。それがオオサムサムサムとコタツに入ってきた、布団を持ち上げて。寒いようと言えばあったかいよう。それから一人、また一人、足を抜いてコタツを出ていった。きょうだいよ、母よ父よ、子どもよマゴよ、今年もコタツを出したよ。またおいで。

そうして私はコタツを出て
シャワーを浴びたら生き返った
ほんの一瞬だけれど

晴天の朝は世の中が新しく見えるように
今朝は曇りだけれど
足が、手が、首が新しく動く
昔夜明けに病院を抜け出して
家の様子を見に帰って来たことがある
家はこわれないでそこにあった
みんなの寝息がそこにあった
そこがここだ私は新しい

コンビニでパンを買って帰れば
赤い髪した女のコが自転車をこいでいく
その白靴下の足そのスピード
夜の澱《おり》を流した路面は晴れて
新しい自分だと昔私が何度も思ったように
思っているだろう女のコではなくて
薄茶色のジャンパーのジジイが自転車をこいでいく

目のにごったジジイが
輪っぱの小さい荷掛けの大きい電動補助自転車を
こいでいく私もジジイなんだそうなんだが

父が老いたジジイになって動けなくなったとき
ただ生きているだけさと言った
生の終わり近く
生きていることを純粋に生きていた
望みがあっても望みがかなえられなくても
来る日来る日
かなえられないことに慣れて
ただ生きていたいという
最後に残った望みを生きていた
父を生かした小さな望みよ
千年の望みではないこんにちの望みよ

朝いちばん

店のドアのカギ穴に差し込んだカギが回らない
カギ回れ、回れカギ
回ってドア開け、開けドア
そうしたら回った
シャワーを浴びたら生き返った、そのように
私に残った小さな望みがかなったように
回ってくれた

カエデとリンゴ

弟は単身赴任二十五年の後
（女房が一人で三人子育てした後）
家族の許に戻されて一年でいうつ病と診断され
脳梗塞を発症し
定年二年前退職し
三年闘病して秋の終わりに死んだ

その三回忌
野山を走る車の窓から
カエデとリンゴの鮮やかな色を見た
弟が見ていた
あと一週間すれば雪になる
時の急流を止める杭のように
呼吸する自分の生の色
三人の息子という収穫の色

二つの色を風呂敷に包んで持ち帰り
店に飾った
コンビニで五百円玉入れてコピーを取って
出ようとしたらあーおじいさんと呼ばれた
おじいさんとはおれのことか
振り向くと若い男がニコニコと
お釣り忘れていますよおじいさん
そうだ私は手も早くは動かない

店でお客さんを待たせてしまう
すると老い先短い年寄りが
いいよゆっくりやってくれ
おらあ時間だけはいっぱいあるんだ
先行き長い若い客は
早くしろと手振りでせかす
時間がないんだおれは

ラーメン屋

ヒマな食い物屋には入るなというが
ヒマだから入ってみたい店もある
夜駅から遠い人通りない通りの店
「一生懸命営業中」の札が掛けてある
昨日は「一生懸命準備中」だった
階段を三段上がらないと入れない
しかし家主が建てたコンクリの構造は変えられない
ヒマで大変なのは質の維持である
捨てなければならないものは捨てなければならない
それをどこまで我慢できるか
歯医者に一年通って入れ歯が合わない正月五日
私はみそラーメンを食べる
柔らかいのを注文して三本ずつ食べる
昔酔った男が私の背後で音を立てて麺をすすった
ううーと喉でうなって
チリレンゲでずるずるスープをすすって舌を鳴らした
うわと思ったがあれは私だ
私は両手で抱えた丼に唇つけて飲んで
ううーとうなる
家では決して飲めないみその味

飲んだら血圧が上がる味
私が店に入るとたいてい
後から人が入ってくるのだが今夜は来ない
暖房がきいてガラス戸が開いている
背中に当たる場末の夜風
去年は入れ歯が合わなくて食えなかった
と言うとラーメン屋がニッコリした
かれはどこから来てどこへ行くのか
私は雪の列車に乗りに行きたい
一度バックして、勢いつけて雪に体当たりして
雪原を船のごとく疾走する石北本線のディーゼル
　特急

入れ歯とソーメン

まいにち昼ソーメンする
信用金庫に貰ったソーメンうまくない
うまくないけど捨てるなんてとんでもない
食べなくちゃ仕方がない食べる
ソーメンは私に慣れない
私の方がソーメンに慣れてきた
信用金庫は私に慣れない
私の方から信用金庫に慣れる
保険外の甚だ高価な入れ歯が強情で私に慣れない
私の歯ぐきの方が入れ歯に慣れてきた
歯医者や信用金庫や原発維持派は
私に折り合いをつけさせごまかして生きていく
けれど二本残ったかけがえのない私の歯の方は
入れ歯に慣れない痛いぐらぐらしてきた
けん命に歯ぐきをみがいてマッサージするが
ぐらぐら直らない痛い抜けるかも知れない
歯は私に訴える
ダメだいけない歯医者に合わせるな

はははは合わせられないのである
災難から逃げ場がない私の住まいで
私は生きていくなん万年放射性物質のよう

歌

テレビがサイタサイタチューリップノ花ガ
と歌うのを聞けば
四〇年前息子が歌っていた
幼い唇を思い出す
二五年前父も思い出していた気がする
私に背負われて
老人病院に運ばれるとき
背中から細い腕を伸ばして
私のために廊下の襖を開けてくれたとき
サイタサイタチューリップノ花ガ
誰か歌っていた
幼い私が歌っていたのだ
父さん
千年経っても
背負い背負われる父は父子は子だ
千年経って
日本に何があるか想像できないけれど

暮れてから

見えない手に背中を押されるように
あっちの店がバタン下ろしたシャッター
そっちがバタン下ろしたシャッター
もう二度と開かない響きだ
シャッターの下から流れ出ていた灯が消え
西の空の底のどす黒い赤い線が消え

暮れきった
二人暮らし
親の介護はすんだ
どっちか介護するかされるかになるまでの間
それは省略されることもあるが
それぞれ自分の歯をみがいてシャッターを開ける
外へは出ないこのへんの店は買うものがない
まだやっている店はそんなのばかり
寒いからストーブの前で股を開いてテレビを見る
楽である
テレビが座して介護を待つなと言う
高齢者は身体を動かせ動かせばやがて頭が回りだ
す
するともっと身体が動くするともっと頭が回る
言葉が出なくなった詩人が詩を書き出すように
だんごが売れなくなっただんご屋がだんごを作り
だすように

外へ出る速足で歩く
寒い暗い腹へった
テクテクテク、テクテクテクテク
回転すし屋が開いていた
すしのベルトは回転しない私の頭のよう
鉢巻きの若い男が一人愛想よくもなく悪くもなく
いちいち客の注文を受けていちいち握る
一人若い男がビールを飲み飲みすしを五皿食って
熱燗一本くださいと言って
一息に飲んで立って行った
ドリンク剤みたいと私が言った
最後の皿に鉄火巻きが二コ残っている
ストレスを置いて行ったと女房が言った
私が後を託すのは
あのようにして家に帰る若い者
このようにしてすしを握る若い者
希望という名の

こないだ連れてきた小学五年の孫だ
友達の父親がイタリヤ料理のシェフで
パスタを教えてもらって家で三種作ったうまかっ
　たそうだ
誕生祝いにフライパンを買ってもらったのだと
一三六円の皿ばかり十皿食った
中とろたべなと私が言ったら（二五七円）
中とろとうれしそうに叫んだ
見えない手に背中を押されるように
私達が食ったイカ、アジ、ネギトロ、イクラ、中
　とろ
何シーベルトだったか

箸を使う

めしどきにめしを探して歩いて気がついた
箸を使う
どこかの国で作られた割箸六〇膳百五円
箸を使う手はその国の木と人のかせぎの安さを食
　っている
それなのにこの手ちっともラクにならない手
こっちも食われている

公園の道路側に入口のある共同便所の
裏手の若葉茂るベンチで
カーキ色の作業服の若くない女がうつむいて
箸を使っていた
生きることは食うことだとか
食うだけが楽しみだとかいうが
楽しんでいるようには見えない
昆虫のように咀嚼している
空で巨大な昆虫が咀嚼していると思っている
と思っているとしても

話す相手が誰もいないのだ
ギョッとする
もしかして私がいない所で女房が
あんなふうに箸を使うのだろうか

生き残っている店はたいてい企業の支店かチェーン店で
ラーメン屋A　四人並んでいる
敗戦直後父の煙草を買いに朝早く行列して以来
私は行列はキライ
ラーメン屋B　いつかウチは出前はしないと断った
天丼屋　閉店
立ち食いソバ屋　立って食うのはイヤだ
牛丼屋　並二七〇円
名ばかり課長が自殺して
残業手当のない残業が多すぎたからだと
遺族が裁判を起こしたのを思い出す

最近行かない弁当屋
替わった名前がまた替わっていた
サンマのみそカツ弁当四〇〇円
四分お待ちいただけますか？
ウン、めしは少なくして（五〇円安くなる）
黄泉のごとく暗い所で箸を使う
うまいや、拾いものじゃないか
公園の女もこれ食ってたのかも
うまいと思ったが顔に出さなかったのかも
独り言でいいから
うまいと思ったらうまいと言え彼女
一切れ箸から落としてしまった、しまった
誰も見ていないから拾って食っちゃった
公園では拾えないだろうな

春の仕事

身体が動かなくなったのなら
口を動かせばいいという理屈があるが
私は口で金は稼げない
偏執性の長い時間を
休み休み仕事すれば
背中づたいに駆け上る思念のあぶく
多くは憤懣・怒り・憎しみが
天窓のあたりでパチンと消える
消えた跡がシミになる
シミいっぱいの天窓はそれだけ仕事をやった
私の自画像である
シャモジを振り回すので壁もシミだ
私は自画像に見下ろされ囲まれて仕事して

仕事を仕舞って後片づけして
出る時振り返る
何か忘れたものがあるか
身体が動かなくなった寝間着の父が
一人で階段を下りてきてドアの取っ手につかまって
仕事場をつくづくと眺めまわしていたっけ

仕事は無心にやるというが
無心にやれば砂糖と塩を間違える　こともある
目の前いっぱい目いっぱい
やっているけれどもあまり売れない
売れるものが作れない
コンビニのまずいダンゴに客を取られている
そのコンビニにパン買いに行っている
まずいのにほとんどまいにち
世の好みからズレているとしても

これしかできない
大地震で家が潰れたら
どうやってやり直したらいいいいか判らない
それでも春が来れば売れると思う
それがつまり希望である
虹のように
春になったら消えているとしても
春来い春来い
私は春恋と名をつけた菓子を作って待っている

青空弁当

傘さして裏通りの青空弁当まで行ったのに、シャッターが下りていた、店の前に雨ざらしのテーブルがない赤い青空弁当の旗もない、飲料水の自動販売機だけ雨に濡れている、私は逆流性食道炎だがおじさんどこか悪いのか。映画「はるかなる山の呼び声」では仕事を閉めた主人公の家は窓に板切れを打ちつけられて雪に埋もれていたが、主人公は男に想いを伝えることができて、乗った列車ははるかな山の稜線の明るみへと走っていたのだ。いつか奥さんはどうしましたと聞いたら、あれは従姉妹です、新潟へ嫁に行きました、幸せにやっていると思います、感情をこめて言っているようだった。別に私はそんなことを聞くほど親しいわけではなかった、近所にできたラーメン屋に行ったら、その女性がパートさんを二人連れてやってきて、並んでラーメンを食ったことがある位だ。それからだいぶ経っておじさんが、あれは死にましたと言った。それから近くに弁当屋、安売りソバ屋、牛丼屋みなチェーン店が進出してきた、私はしだいに青空弁当まで足をのばさなくなっ

た、油ものは食わなくなったのだ、資金はないが
家はある人が商売をやるなら弁当屋はいい、そん
な時代は過ぎたのか知らん。

昨日前を通ったらおじさんが自動販売機にペット
ボトルを補給していた、シャッターが半分上がっ
て空のショーケースが半分見えた、それだけでは
閉店かどうかは判らない、人が簡単には死なない
ように口を開けたり閉じたりが続くのだ、空を見
上げれば白い雲、ねばれ。工夫しても工夫がなく
てもバンザイ突撃なんかするな。何年も何年も何
年も経ってあの時は苦しかったと思う、そういう
時が来るのを待ちなよ。おじさんの背中を保育園
の子どもを連れたママたちが通る、背広の男たち
が通る、人が交替している好みがすっかり変わっ
ている。体の動きがおっくうだ、筋肉の深い所で
どっこいしょと声がする、日本の労働人口の平均
年収が減り続けている生活困窮者が増え生活保護
受給者が増え続けている、それでも人間万事塞翁
が馬と言おう。
おじさんの乗った列車ははるかな山の稜線の明る
みへと向かっているだろうか。

雨戸と蚊帳

大通りに面した南向きの巾二間長さ五間
木造二階建、下が店上が住まいの家だった
台風が来る、店の雨戸に外から梁を打ちつける
内からアイスクリームの冷凍庫を押しつける
二階の雨戸の内に梁をわたす釘を打つ
蒸し暑さが深まる風雨が烈しくなる家が揺れる
咆哮する巨人が叩く蹴る雨戸がしなる
雨戸が外れたら屋根が飛んでしまう

雨戸を守れ家を守れ
父と母と子供五人だれも逃げない逃げ場はない
全員最前線にかたまって押し返していた

私はいつ寝たのか覚えていない
私が寝るとき母は起きていた
私が起きるとき母は起きていた
母がいつ寝るのか私は知らなかった
目が覚める夜中
引いていく息がある
きょうだい五人で寝ている蚊帳の中に
隣の部屋で寝ていたしわくちゃ浴衣の母がいた
ため息がこもっていた
ボウとした目をしていた
手にローソクの炎を蚊帳に近づける
蚊が落ちる
チとかすかな音がしたのだったか
音などしなかったのだったか
それが唯一私の知った夜中の母の顔だった
半分寝ながら子供のことだけ考えている
かけがえのない時間だった
寝るときはどんな顔して寝るのだろう
私は知らなかった
死ぬまで

鍋の底

原発事故から二年、放射能の詩を書く人は減る、いずれ日本の詩は（ナニもなかったごとく）元に戻るだろうと誰かが言ってえらいさんが喜ぶ鍋の底。そうかいと初夏の澄んだ空から声がする、放射能値がどの位だとこうキラキラするか知ってるか？

見たい映画が始まる時間に遅れまいと急いで歩いた、前を行く背の高い若い男に追いついた、すると若いのが急ぎ足になって私を引き離す。私は七七歳胴長短足競争するつもりはないが時間がないのだむやみに足を動かした、また追いついたしばらく並行して歩いた、そしたら若いのがたまりかねたように駆けだして行った、ばかだねえ。翌日私は膝が痛くて曲げられない、一ト月経ってもまだ痛い、ばかだねえ。

デニーズの外階段を若い男が上っていった、その後から若い女がカンカンカン速足で上がっていく、追いかけていくついていく、スカートを翻してよそ見もしないでカンカンカンカンその軽さ、あんなのさない男に後光でもさしているのか、これから先の人生が決められてしまったよう、いいのかねえ。

えらいさんの後をそうやって父母の世代はついていったのだ誰も彼も、えらいさんの背中は後光がギラギラ新聞ラジオがバンザイバンザイ先は明るいいいことばかりとしきりにはやす、周りを見ればついていくかいかないか見ている目目目、いいことなんかひとつもなかったのに。今でも見ている例えばノシロさんのおばさんが、私が広場の向かいのポストにハガキを入れて来たら店から出てきて、あんたどうして毎日ポストへ行くのだと。大きなお世話だと言えばそれを誰かに告げ口する。

六九年前四五歳で四人の子持ちの父は田舎に疎開するのに家財道具を積んだリヤカーを自転車で引いて片道九〇キロを四回往復したという。いつ空襲があるか判らない町を野を橋を土手を自転車をこいだり押したり、木炭バスをオート三輪を自転車を追いかけていたカーチスからグラマンから逃げていた、粗末な食べものと貧弱な体格とそれだから得た我慢強さとねばり強さでへとへとになって、目目目の間を追いかけていた逃げていた、逃げ場のない鍋の底をぐるぐる、ぐるぐる。

扇風機

十年前買った扇風機が突然動かなくなった。ソケットもヒューズも異常はない。メーカーを探して電話したら、直せません調べるまでもありません、もう部品がないのですと言う。仕方がない粗大ゴミに三百円払って出していちばん安い扇風機四千八百円で買った、説明書に使用期間六年、部品は六年しか取っておかないとある。扇風機が使い捨てか。荒廃の匂いがする。しかも下を向かないから仕事に使えない。

作夏餅冷まし用に下を向くのをさんざん探して古道具屋で三千円で買った六十年代の非常に重たい扇風機、店では回ったのに家に持ってきたら回らない。三日考えてソケットをつけ替えたらブンブン回った。五十年前人に貰った床置き型（前面の羽覆いはない、風量調節は左にだけ回す右に回すと止まる、時どきコードが漏電する）も四十年前二千円で買ったヤツ（前面の覆いはない、電源スイッチ・風量調節は動かない電源はソケットを差して入れる）も汚いが仕事にならなくてはならないものだ、がっくりと下を向くのだ。モノとは本来そういうものである、そうではないか。

暑い朝ゴミ出しに外に出たら右足首が痛い。ウソではないかと思ったが本当だ、痛くない歩き方があるかしらとつま先を外へ向けたり（痛い）、足を小巾にしたり（痛い）、軽くジャンプしてみた（痛い）、駆けてみた（痛い）、ほんのちょっとした不具合。じき直るのか本格的不具合の始まりなのか。まあ少し経って見なければ判らない。そのうちなんとかなるだろう。

昼道を歩く私の目の中を黒い丸が動く。景色を隠す黒い丸、飛蚊症らしい。私の頭の中に飛蚊症が出て記憶を隠す、昨日一つ、今日また二つ。私はどこへ行くのか。立ち止まる。昔の映画俳優の名は覚えている、しかし今私の行く先はどこだ？

周りを見る。今日は二〇一三年五月十五日。何曜日だっけ？ 帰ってカレンダーを見て出直そう。出るのを忘れなければ。

私は自営で仕事している、零細で赤字で休み休みで食うのに少し足りないが年取れば食い物が少なくてすむからまあいいや。頭は忘れるが体が動きを覚えている新しいことは判らない。

赤信号

父を入院させたその夜中
病院から父が死んだと電話が来て
車を急がせる先の信号が赤になった
急発進する先の信号がまた赤
また赤
急発進しては急停止を繰り返したのが忘れられない
行く先行く先点く赤ランプの奥に父がいた
そんなに急いで何になる
おれがじき死ぬのをおまえは判らなかった
入れるべきは老人病院ではなかった
医者はいなくて付き添い看護師ばかり

おまえが帰ったら看護師はおれをベッドに縛りつ
　けて
遊びに行っちゃって帰って来ない
俺が苦しんで一人で死んだのを
夜中になって見回りに来た院長が見つけたのだ
ああ今そんなに急いで何になる
死んだ父の信号を
三五年経っても私は忘れることができない

原発事故から二年経って
原発が再稼働されるという
放射能が洩れてないごとく
避難民がいないごとく
事故がなかったごとく車の群れが走る
行く先に赤信号が点いて止まる
赤が消えて車が流れる
かれらは赤信号を無視はしてない

赤信号は点くだけだ
赤が点いて消えて又点いて消える
だけどその赤信号は
私が三五年経っても忘れられない信号である
しまった！
と言っても追いつかない
行く先行く先に点く赤信号である

あとがき

十一番目の詩集です。〇六年に出した『くらやみ坂』以降のものから採りました。東日本大震災と原発事故の深刻化の期間、政治が（それを選ぶ市民が）劣化し続ける期間の、劣化を肯んじない者の詩集ということです。
今回もワニ・プロダクションの仲山清氏に全部お世話になりました。装画は小柳玲子氏出版の画集、夢人館シリーズ10、リヒャルト・エルツェ「期待」を転載させていただきました。お二人に厚くお礼を申し上げます。

二〇一三年七月一六日
甲田四郎

未刊詩篇

平和

私の少年時代平和があった
日本の敗戦から四年後の一九四九年
私は新制中学二年生
国鉄の第一次人員整理三万七千人があり
七月下山国鉄総裁の轢死体が発見され
深夜三鷹駅で無人電車が民家に暴走し
八月松川で貨物列車が脱線転覆、運転士と助手が
　死んだ
じつにその九月、へいわが走りだしたのだ
戦後復活した最初の特別急行列車
庶民の夢子供の憧れそれはへいわと名づけられた
編成は三等荷物合造車・三等三輛・二等四輛・食

　堂車・一等展望車
展望車には鳩の上にへいわと書いた丸形テールマーク
その上で女優の木暮実千代が手を振って発車した！
東京大阪間を一往復、所要時間九時間
戦前の特別急行列車より一時間遅かった
浜松までは前後にデッキのある茶色のＥＦ58電気
　機関車が
その後は日本最大の蒸気機関車Ｃ62が引っ張った
でもへいわの寿命は三カ月しかなかった
五〇年一月にはつばめになって
六月朝鮮戦争が勃発
七月マスコミでレッドパージ
八月警察予備隊令が公布となった
それでへいわは消えたと思われていたのだが
七年後、東海道線が全線電化になった翌年

五七年七月、東京博多間臨時特急さちかぜが
一〇月に忽然と東京長崎間　おおナガサキの
特急平和となって走り出した
（特別急行列車が特急になってしまったが）
私が大学三年のときだ
その寿命は二年足らず持って
五九年七月にさくらとなった
それが第二次平和だ
第二次というからには第三次があったので
第三次平和は大阪広島間　おおヒロシマの
ボンネット型ディーゼル特急
六一年一〇月一日白紙改正によって出現した
この寿命はたぶん六二年六月までの八カ月だ
このとき東京広島間が電化され
大阪広島間に電車特急宮島が二往復現れて
消えた
それから後は平和は行方不明

六四年一〇月東京新大阪間に新幹線が開通
八七年四月国鉄分割民営化
ＪＲ六社となってから今に至るも行方不明
鉄道員の誰が平和を好きだったとか
誰が嫌いだったかとか言うつもりはない
ただ、庶民の夢子供の憧れ　それをを平和と言う
駅ごとにスピーカーで平和、平和、平和と言う
それほどに平和を愛した時代がかつてあったのだ
短かった私の少年時代と、青春時代

でもそれから何十年
とつぜん私にふたたびの青春時代がやってきた
口づてに平和と言う　口づてに平和と聞く
まいにち言うまいにち聞く、平和をつくる
青春時代でなくて何だろう！

（二〇一四年九月九条詩人の輪十周年集会で朗読）

こっちの風景

原発事故　あの人のように逃げた人がいて
私のように逃げられない人がいる
あの人のように死んだ人がいて
私のように死なない人がいる
あっちとこっち、どっちか知らないが
深い裂け目のふちに立って
事故も裂け目も見ない人がいる

今日中村靴店で白いスニーカーを買った
スーパーはあっちで特売で一八〇〇円
中村靴店はこっちだから四五〇〇円
手を添えずに履けた
足の裏に吸いつくようでとても軽い

ちょっと広場を駆けてみた

広場の桜が満開になったとき
寝ている父に
一歩外に出れば見えるんだと言ったが
「いままで何回も見た」
強いて勧めたら
「歩くのが辛いんだよ」
息子にそう言うのは辛かったろう
こんなスニーカーがあればよかった

日が短くなった　広がる裂け目の
向こうから来るのは死んだ人ではないか
不意に目の横に出たのは逃げた人ではないか
広場の隅に男が一人座ってハクショーイ
なるべく遠くを歩いて過ぎれば
ハクショーイ、ちくしょう、ハクショーイ
ちくしょうと言っている
夕闇の底をどこまでも、ハクショーイ
ちくしょうが追いかけてくる
何だか父に似ている

背中たち

かりに私が
あいつはインキンだと言ったとしたら
特定秘密保護法で捕まるだろうか
でも私そんなこと言わないもん
インケンだともインチキだとも言わないもん
だいいちあいつとは代名詞であって
人物を特定できる言葉ではないもん
インウツ　はるか地の果てまで　曇天

福島原発の高放射能汚染水がタメから漏れて
海に地下に流れこんで止まらないのを
完全管理下にあると大ウソこいて
東京オリンピック　原発の祭典やる　曇天
ヒトラーのオリンピック民族の祭典は一九三六年
景気がよくて最初のアウトバーンが開通
フォルクスワーゲン製造計画が策定
翌年ゲルニカを爆撃することになる
そんなこと関係ない選手たち
先行きの雲の空を見ている
小金を持った者たちが
株が上がったもっと上がれ景気よくなれと
地の果てを見ている
改憲
原発推進
法人税値下げ
解雇自由特区
生活保護費切下げ
特定秘密保護法
その先行きをじっと期待している背中たち
背中たちの後にこっちを向いた顔があって
仲がいい夫婦みたいに顔が似てきたと言う
この人たちの顔どれもあいつそっくり

＊　リヒャルト・エルツェの絵画「期待」（一九三五－六年）より

のど飴

ある日新聞で見た
電車で咳きこんでいる男がいて
皆避けている自分も避けたら
隣に座っている女性がのど飴出して

どうぞと男にさし出した
男はお礼を言って口に入れたら
咳がおさまった
避けるばかりだった自分を恥じたと
それで私のど飴買った
別にのどなんともないが
誰か咳したら上げよう
町を歩いてあたりを見回して
誰もいないから自分がなめた
なかなか溶けないのでガリガリ噛んで
またなめてまた噛んで
一日一袋食べちゃった
四日続けたらのどがヒリヒリ咳が出る
糖尿になりはしないか?
店先に置いておいた
おじいさんが自転車から降りてきて
おれ糖尿なんだ
あんまり甘くない菓子くれと言う
女房がこないだ死んだ
息子は一人っ子だから
おれが死んだら肉親がいなくなる
いま四十だから死に別れは不思議はないが
きょうだいがいないというのは
ひとりになることが多いんだと思ったよ
ひとり暮らしの人は多弁だ
晴天に
この国の行方についてはしゃべらない
のど飴上げたら口に放りこんで
糖尿によくないんじゃないか?
心優しいおじいさん
柏餅一つじゃ悪いから二つくれ
袋要らないと籠に放りこんで自転車こいでいった

かきわける

左肩が痛くて腕が上がらない
整形外科に行ったら
私七十七歳なのに五十肩だと
そこは私よりかなり歳上の
ばあさんだかじいさんだか
もう判らない人でいっぱいで
しかしばあさんはばあさんで
じいさんはじいさんだ
のど飴なめなめ帰る道々
震災から三年になる今年の暮れにつく餅も
宮城産特選米使用と大書したビラを出したら
注文をキャンセルしたお客さんが二人いた
政権の基準値を信用しない
放射能ヤダと日本を逃げ出した人もいるから
責める気はないが
ビラはがせと女房は言ったがはがさない
宮城米はコシがありツヤがあり風味極上である
ウチは意地でも宮城でいく
しかし東電も政権も隠している
特定秘密保護法で余計隠す
何を隠すかも隠す
そんなやつらを信用することになるのか私は
責められるだろうか私は
震災の年の暮れ小学五年の孫が
大阪から餅つきの手伝いに来るというのを
危ないからと止めた
だがもう大きいからいいだろうおいでと言った
しかし
ばあさんはばあさんでじいさんはじいさんだ
もう判らなくなったらラクだろうが

危険は危険で安全は安全だ
日差し暗くまぶしく
私怒りの舟を漕ぐかきわける冷たい風

床屋

私トシ取ったの忘れているが
まばらな毛髪が耳にかぶると
年寄りくさいのではないかと床屋に行く
大声出したらしばらくして
おじさん出てきた
客がない時は寝ているんだ私のように
床屋と私
どっちも自分の腕で食う細々生き残って
味わっている平和である
ヒタヒタ、ヒタヒタ私の周り回るスリッパの音

鏡の中の時計が時刻を反対に刻んでいる
時を反対に回すな政権
デモを報道しろＮＨＫ
怒りのデモ友達行っているはず
トシ取ったの忘れて行っている
おじさんわざわざ鏡を頭の後ろに宛てて
トシだと念を押してくれる
奥さん今日は出てこない　寝ているのか
いつまでしょうばい出来るか
いつ止めるか考えているか
ここなくなったら私困る
おじさんだけが私の首の曲げかた知っている
おじさんの剃刀のくせ私知っている
そうか　それなら
私の作る菓子を知っている人が
数は少ないがいるんだろう
私が止めたら困るという人が

必ずいるんだろう
床屋から帰る
トシの姿が長い影をひく
♪秋の夕陽に照る山紅葉
休みの日デモ行けるか

階段

整形外科は階段上った二階にあるので
階段上れない人は行かれない
杖ついて手すりに掴まって一段上って休み
また一段上って休み　まだ行ける人は
下りるときは身体横にして
一段片足で下りて　また一段片足で下りて
また一段片足で下りて

老いの下り坂も楽しめるものだとテレビが言う
楽しいですか
揺れる
掴まる
大口開けているフシアワセの穴へ
ころがり落ちたら

フシアワセは
下から上から前から後からくる
フシアワセの中で小さなシアワセを
探して見つけて積み重ねてきて
一度にどっとフシアワセがくる
もうこれ以上フシアワセなことなど
見たくないフシアワセの兆しなど見ても見ない
だからフシアワセは一度にどっとくる
積み重ねた小さなシアワセを全部吹き飛ばしてく
る

せっせと働いてためたお金を
たった一回詐欺に引っかかって全部なくしたように
また働けばいいいさ　またためれば
そう思うには少し年を取り過ぎた
そう思う年は過ぎてしまった人が
階段上る
上りきって吐息する　安堵の
それから整形外科のリハビリ受ける
効いたのか効かないのか判らないリハビリ
でもまだ片足ずつ
階段下る

エッセイ

やっぱり、暮らしの中から

別に私の詩作に秘密はないのですが、詩の書き始めは、三五歳。これははっきりしています。

大学在学中に詩を読んだり書いてみたりしたことはありましたが、商売に入ったらたちまち止めて、でも子どもが生まれて、まだ赤ん坊で、いちばん仕事がきつかった時、仕事（和菓子屋）となんとかバランスをとりたくてはじめたわけです。

一九九二年ごろ、五つめの詩集『九十九菓子店の夫婦』を出しましたとき、神戸の友人岩渕欽也が、雑誌「鰐組」に書評を書いてくれて、その中に「私はそこそこ詩を読んできたつもりであるが、甲田四郎が、いずれの系譜につながるものであるか、ついに不明である」とありました。その時まで初期の二つを除けば、「笑い」を書いていたわけです。「笑い」というほどではなく、「笑い」そのもの、夫婦のどたばた劇とか、やり取り。それがどこの系譜に入るものか不明だと、彼は言いたいわけです。しかし私自身はプロレタリア詩のはるかな末裔と思っています。詩は批評だと思っていますので、まあ、だいたい系譜といえば、そういうところではないかと思います。これはしかしあくまでも大雑把な見方です。たとえばいま、「騒」というグループがありますが、これは亡くなった秋山清さんのやっていた「コスモス」という詩誌の後身です。これにあつまっているのは、秋山さんの周辺の、言ってみればアナーキストの系譜に連なる人たちです。いまやっている人たちが、アナーキストだとは全然思いませんし、ちがうのですけれど、末裔といってみれば、当たらずといえども遠からずだろうと思います。それと同じ意味でわたくしは言っています。

「笑い」と言いましたが、詩集の三番目『時間まで、よいしょ』、四番目『大手が来る』、五番目の『九十九菓子店の夫婦』。これは「つくも」と読むのですが、書いた本人が「くじゅうく」と言っているわけですから、そう読まれていいですよ。この三詩集を私の三部作と思って書きました。『時間まで、よいしょ』は、じぶんとかみさんの、狭い家のなかの、どたばた劇です。『大手が来る』は、少し外側のほうから、社会的なひろがりをもたせたものです。将棋の王手ではなく、文字どおり、大手スーパーがやってきた、商店街にやってきた、というものです。これは、大森駅前に、「西友」が出てきた。それで、大森銀座商店街としては、猛烈な反対運動をやった。結局、入ってきたのですが、ずいぶん経ってから、ある詩の集まりで、辻井喬さんがいらした。で、私がいたので、鎗田清太郎さんが「辻井さん、この人、あの『大手が来る』を書いた人です、読みました?」と言いました。そうしたら辻井さんは「読みました」って。大手と零細が並んでいたわけです。

それから、『九十九菓子店の夫婦』は、じぶんの職業は、その頃からなにかもう滅びゆくものだという思いが強くなっていて、その記念みたいなものを書きたいという欲求で書いたものです。これは、モデルがありまして、菓子屋の組合の仲間に題材をとったわけです。仲間のことを仔細に見て書いたり、じぶんのことを紛れ込ましたり、全然関係ないものを紛れ込ましたり、しました。出来上がって、いよいよ発行というときに、かみさんが、これ、仲間の人に、出していいか相談しなさい、許可もらってきなさいと言い出し、顔面蒼白になって飛んでいきました。もし仲間が駄目だって言ったら、わたしは出すのをやめようと思いました。

承知してくれたので、ほっとして出したといういきさつがあります。これは、お金が一番大変だったときに、ワープロで打ったものをそのまま本にしてもらいました。だから字など、すごい変なワープロ臭い字です。しかしもう家にも二冊しかありません。ほかはいっぱいあるのにです。私としては一番愛着のあるものです。

さらに詩集の七番目と八番目は、もう出したい欲求ばかりで、まとめるのがめんどうになって、『煙が目にしみる』は、詩学社の篠原憲二さんに、『陣場金次郎洋品店の夏』はワニ・プロダクションの仲山清さんに頼んで選択・編集してもらって出しました。

そのように詩を書いてきた基礎になっているのは、私の貧しい教養とか、生活感覚とか、いわゆる詩の勉強なのですが、勉強を一生懸命やった記憶はほとんどないです。「現代詩手帖」とかは、詩論がいっぱい書いてありますが、それらが十全にわかった記憶は皆無です。記号論など私にはわからない。表現について勉強するのは、たとえば、会田綱雄みたいな人の詩を筆記して、その呼吸とかなにかを学んだというのはあります。つまりそれは、別の言い方をすれば、暗喩とかなんとかいうことではなくて、全部文章です。言ってしまえば。そのひとつひとつの、連なりとしての、ことばの連続、波のようなうねり、それが短いか、波が大きいか、なにか全体として迫ってくるか。で、そういうことを考えるときに、たとえば会田綱雄とか、山之口貘は、ものすごく勉強になりました。今でも大好きです。

書き直す

二人とも詩の数が少ないのです。なかでも会田綱雄の有名な「鹹湖」とか、「伝説」とか、『汝』という詩集のなかにある「fascio」。これは夜、向こうのほうで、火事があって炎が燃え上がる。こっちのほうで、立ち小便している、などという、すごい暗いイメージなのです。明らかに「ファッショ」は、戦前のファッショなのですけれど、いま現在、やって来る予感みたいなものがして来る。思潮社の文庫に入っていると思います。まだの方がいたら、読むことをすすめたい詩集です。

それから、山之口貘。自分の詩で自分の詩を解説しています。「ひそかな対決」という詩で、〈たった一篇ぐらいの詩をつくるのに／一〇〇枚二〇〇枚三〇〇枚だのと／原稿用紙を屑にして積み重ねる〉だって。それを読み、私はどんなに安心したことか。それまで私は、一つの詩を書くのに大学ノート半分くらい使って、書き直し、書き直ししていました。私は一つ書いたら、なにかほかに書き方があるのではないか疑うのです。出だしをものすごく何回も書き換えたり。たとえばベートーヴェンの「運命」の動機は、すぐに出てきたのではなくて、最初はこう、それがこうなってと、本に書いてあります。すると、それでいいのだ、となって、なるべくそれを単純にするように、直截にするようになりました。頭がいいやり方ではないですね。体感派といいます。実感で、体で、覚えていく書き方です。私にとって詩を書くことは、暗喩とか、こうもり傘となんとかがミシンの上でどうとか、という言語実験の方ではありません。

私はむしろ、散文の山本周五郎の小説とか、名人芸というか、文章そのものがものすごく生きている、立ち上がってくる、肉感的な感じのする、そういうものに一番惹かれるわけです。そして純文学とか、といわれても困ってしまうわけです。私はひところ山本周五郎に入れ揚げてしまいましてね、それは嫌なところもあるのです、大衆小説ですから。なんでもかんでもハッピーエンドにしたり、なにかすごい、なんでこんなことするのだ、という変なところもあるのだけれども、にもかかわらず、山本周五郎の文章というのは、たとえばいま、すごく流行っている藤沢周平などはおそらく、周五郎を勉強して手法を手に入れたのではないかと思っています。これは私のかみさんが私に言ったことですけれども。

吉村昭なども文章の手練れと言われていますが、これはいってみれば堅い、なんというか格調で売っているようなところがあって、私は格調高いというのはあまり好かないのです。そこへゆくと、山本周五郎はいい、いつか吉野弘さんが講演で言っていました。晩年の「人殺し」という短篇で、仇討をする羽目になった弱い侍が、強い仇の後をつけて歩いて、「人殺し人殺し」と叫んで回る。とうとう仇が降参するという話です。私が好きなのは「笑い」のあるものです。周五郎の小説に平安時代の題材からとった、はらわたが捩れるような「笑い」の小説があって『平安喜遊集』というのですが、これはものすごく勉強になりました。そういうわけで、私は、比喩のとり方もさることながら、その文章としてのつかみかた、性に合っています。いつか、日原正彦さんの雑誌で、アンケートがあったときに、私は、一つの詩から、天候から季節から人物から時間から服装からその性格から全部わかる詩を書きたいと答えました。

詩だって、わからないことは明瞭にするということじゃないと嫌なのです。私にとってよく書けたということは、言っていることが明瞭であることが第一なのです。曖昧とか、思わせぶりとか迷路のような論理とかはあまり好みません。というよりできません。最も最近はその理由からわざとナンセンスなことを書いてみたりしています。多分自己満足だと思いますけれど。

笑い

「笑い」というのは、はっきり笑えなくてはいけません。教養があって始めてうっすら笑えるというような高尚な笑いは、私は困ります。ただ、さきほど二人ばかりあげましたけれども、正直言いまして自分の詩にとって勉強になるのは他の人の詩もさることながら、映画とか、大衆演劇とか、落語とかそういうものから学ぶことが割に多いです。大衆演劇の人で、テレビで「笑い」というのは涙と共にある、裏腹のものだと、だからよけいおかしくて、よけい悲しいと言っていました。そういうことばを聞くとなるほどと思います。こういうこと、詩論にはなにも書いてありませんよね。ですけれども、「笑い」のほうが実感的によくわかります。そのようにやって来ました。

詩史的に、プロレタリア詩では、中野重治とか、そういった人たちを読みましたのは、まだ詩をやる気もない、二〇歳代の頃で、詩をやりだしてからでは『大手が来る』で小熊秀雄賞をもらってからです。正直言いまして、小熊秀雄は、読んだことなかったのです。せっかくもらったから読んでみようと、全集を買って読みだしたらこれは引きずられました。私の考えていた表現とは全然違っていました。文章としてとかではなくて、もっと遥かにスケールが大きい。一種の言語空間(ということばは使いたくないのですが)、小熊の言語空間は、そのなかに暗喩とか、比喩とか、そういうものと、ありふれたステレオタイプのことばとか、文語、口語、それらが渾然一体となって進みます。長いです。私は小熊を読み、夢中になりました。小熊のことばを借りて言えば、時計を修理しているみたいに眼鏡かけてこちょこちょやっているのではそれだけでは駄目なのではないか。小熊は北川冬彦などをそのように言ってからかっています。これは小熊だから言えることで、私などは他人をからかったら自分がからかわれてしまいます。けれど気構えとしてはそのくらいのものがあってもいいのではないか、勉強して、修練だけはいっぱいして、気構えとしては、そういうふうにいきたいです。小熊秀雄にもろに影響を受けていることが自分でもわかります。

三方克さんなどは、小熊の膨大な詩の、書き飛ばすというところをみんなおもしろいと言うのですね。ちょっと小熊を彷彿とさせるところがあります。長さでいえば、増田幸太郎さんという人の詩が、ものすごいです。何百行。あれもちょっと似ていると思います。

しかし、小熊はもっとはるかにいきいきしています。読んでいきいきしているのがなによりですね。そういった詩が詩史的に見れば一般の詩に及ぼした影響は多大です。何年か前、保守派の大滝清雄さんが現代詩人会の集まりで講演されました。「日本の詩史について」一時間位だったかのおはなしですが、島崎藤村から現代に至るのですけれども、そこにプロレタリア詩のプの字も出てきませんでした。誰か女の人がおもしろかったと言っていましたが、「なんだ、おもしろいって、プロレタリア詩には一つもふれなかったじゃないか」って文句を言いました。つまり社会主義がひっくりかえってからそういう風潮になりました。遠地輝武の『現代日本詩史』などは、私は神田の古本屋へ行ってもないだろうとあきらめていたのですが、三、〇〇〇円で売っていました。夢にも思わなくてだんだんなにか価値というものがわからなくなってきました。

いまの詩は、たとえば資本主義が、社会主義が消えてしまったために、いままで社会主義を取り入れた社会政策を行ってきた修正資本主義、それを、どんどん取り払って、一九世紀資本主義に回帰して、猛烈な弱肉強食の剝き出しの社会になりつつあると思います。おなじように、北川冬彦にも影響を及ぼしたプロレタリア詩というものが消されている気がします。

私は詩から批評を取ってしまったら、詩に限らず、表現という営為から批評を取り去ってしまったら、なんだ、〈なにも残らないのではないか〉というふうに思います。乱暴な言い方ですけれども。

いま、詩人たちがプロレタリア詩も批評性もすっかり取り去って、なにかすごくえらそうなことを言っているのをみますと、ほんとうにそれでいいのか、と思いますね。

私は和菓子屋です。和菓子は、日本の習俗に深い関係があります。お彼岸、お盆、それから人が死ぬと枕元におだんごをおきます。枕だんごといいます。年寄りといっしょに暮らしていないで、独立してふたりだけとか、実家の葬式にも行くだけで。そうすると葬式などにまつわる習俗は断絶してしまいます。昔は、お盆には、蓮の飯（ハスノイ）といって蓮の花の上にもち米を、白おこわをつくってそれをつつんでそなえたという習俗もいまはもう消えてしまいました。三月のお節句の菱餅は全然売れなくなってしまって、数年前からとうとう作るのをやめてしまった。あれはお餅で作るとカビが生える。防腐剤を入れなくてはカビが生えるのは当たり前なのですが、それが嫌なのです。それは機械を使って完全に真空包装にすれば、かなり持ちます。そういうものが出廻って、餅菓子屋の作る菱餅はもう絶滅したと。昔は、菱形の折があってそのなかに菱餅作ったのを入れて、それをお祝いをもらったところにお返しとしてあげるという、そういう習俗がありましたけれど、いまはもうなくなってしまいました。

急速に日本の古くからの習俗がなくなりつつあります。和菓子屋にとっては習俗による売り上げがなくなるということです。たとえばお彼岸にはおはぎを作ります。ところがそれが売れなくなってきています。そういうふうに習俗が消えることはほんとうに寂しいですね。もっとも盛んに商売をやっていた若い頃に、江戸の習俗はもうほとんどなくなっていました。もうしょうがないことかもしれません。

ＮＨＫの金曜日の、杉浦日向子さんが、いろいろ解説してとってもおもしろい番組がありましたが、聞いているとどうもそういうのがなくなったという思いで見ていました。お月見は、十五夜だけではないのですよね、いろいろ、秋もあれば、春もある。そのたびにいろいろなことをやっていたわけです。いま、それらはないですね。

生活感覚で書く

横道にそれましたけれども、詩を書くときに、私はそういう生活感覚で書いているのです。詩の専門用語はあまり好みません。私は大学を出て、菓子屋に奉公へも行かないで、親父に習って菓子を作りはじめました。親父を通してしか業界用語は入ってきません。何年かして、組合の例会に出て、ゴがどうのこうのと、知らないのかよと言われた。ゴというのは飴のまだ砂糖が入る前、小豆を煮るとそのゴができるという、それが粉になっているものです。私は、偉そうなこと言う菓子職人が大嫌い、したがって彼らの使う業界用語も嫌い、それが転じて詩の業界用語も嫌い、陰語を使うなフツーの言葉でいけ！というわけです。わかりやすく、その業界以外の人もわかるように言えばいいじゃないか、というわけです。だから、「言語空間」などと自分で言って自分で困るのです。

自分の技術

私は、どこへ行っても自分は半ば職人であるという意識があります。京都には日高滋という詩人がいて床屋さんなのです。中村不二夫さんなど、行って刈ってもらったと言っていました。で、床屋の詩集を出されたのです。そのなかには頭の刈り方が三六種類くらいあって、それについて一つ一つ詩を書いています。その店には自分の書いた詩集が飾ってあるわけなのです。このあいだ「いのちの籠」の会にも作品参加して自分の宣伝（？）をしていたけれど、そういう自己宣伝のセンスは関東にはあまりないです。関西にはあります。自分の職業について床屋さんが自分の頭の刈り方三六種類をいちいち詩に書くというのは、自分の技術について、圧倒的な自信を持っているからこそ出来ることとです。私、それはとても出来ないです。和菓子というのには、朝生《あさなま》、中生《ちゅうなま》、上生《じょうなま》という三種類があります。朝生は、だんごや大福、昔は朝作ってその日のうちに売り切るもの。中生はどらやきとか、日持ちのするもの。上生は練りきり。結婚式とかお葬式とか、きれいな色のものに細工をする。おおむね、上生屋さんは朝生も少しは作るけれど中生位まで。朝生専門の人は、せいぜい中生まで。私のうちは朝生と中生です。上生はしない。時間もないし出来ません。三六種類の作り方、並べればそれは出来るけれど、それを詩にしてどうするか、と思います。菓子つくりの先生がいて、見られたら笑われちゃうという意識がありま す。だからそのようなおそろしいことはできません。自分の技術に自信がないわけです。転じて詩のほうも自信がないわけです。みなさんの書いているものを見て、あいいな、俺には書けないなとすぐ思います。

こんど、反戦詩のことでも、たとえば広島に松尾静明という人がいます。この人の詩には、私はとても及ばない。03年の『イラク反戦詩集』に松尾さんが出した詩は、虚をつかれます。優しい平易な言い方で、イラクで死んでいく子どもの身になって、書いている。やさしい詩だということと平凡な詩だということとは違うものです。これを一緒にするとやさしい詩はダメ、などと変なことを言うことになります。

ぼくは死んでいく　　松尾静明

ぼくには　ぼくを見たこともない
君が見える

ぼくには　ぼくのことを考えたこともない
君が見える
そして　その君といったら
ぼくが　最も欲しかった
なんでもない暮らしを
つまらなそうに生きる

君が見たこともない土地で
君が考えたこともない土地で
ぼくには　君が見える
つまらなそうに　着て　食べて
つまらなそうに　おもしろい詩を読む
ぼくには　君が見える
ぼくには　君の国が見える

このようにすごいのを見ると、じゃあ私はどう書いたらいいんだか途方に暮れてしまいます。
「ちょっと」は、86年に書いたものです。『時間まで、よいしょ』に収録してます。

ちょっと

女はちょっとと言って
男をどかせて戸棚を開けるとしばらく考え
何だと聞かれても返事をしない

下の戸棚を開けてまた考え
すると向うでちょっとと呼ぶので
それで向うの用事の中に戻ってしまった

開けっぱなしだ
何をしているんだか本人以外ぜったい判るもんか
男が閉めようとすると閉めないでと声だけとんで
くる

見ているのだ

それからまた戸棚に来かかるので
ちょっとのぞくかと思えばぐるりと戻ってそれっきりだ

男はちょっとを戸棚に放り込んで閉めた
すると彼女は赤い眼をして
ちょっとがないじゃないか

自分の時間なんかないんだから
寝たらすぐ朝なんだから
言いながらテレビから眼を離さない

それからやっと風呂場へ行って歯をみがいて
寝るかと思えばまたテレビをつけた
銃声がして音楽が鳴って雨音がして

男が見ると
女はブラウン管の光に顔を向けてそこで
ほんのちょっと眠ったようだ

この詩に格別な思い入れがありますのは、こういう書き方をはじめてしたものだからです。それまで、言ってみれば、普通の書き方で書いていて、これが違うのは、自分のかみさんのことを書いたわけです。書く題材に困ってあちこち見たら、目の前にかみさんがいて、ウロウロしているわけです。もう一つ違うのは、三行書いて一行空きにしています。当時、小長谷清実さんが、『小航海26』でH氏賞を受賞しました。そのころ小長谷さんは二行組、二行組で刻んでゆく詩を書いていました。すごいリズム感で、テンポが良くて、センスが良くて、それが頭にあって小長谷さんが二行なら、俺は三行でいこうと思ったわけです。三行というのは音楽で言えば三拍子。四分の二拍子とか、二分の二拍子とか、行進曲と違ってワルツですから、丸くなるわけです。そのようにいこうと思ったわけです。この詩は読んだとおり、個人的には仕事が一番きつい頃です。私は、「女」と「男」は、その当時はそれでいいと思い、そういうことばをつかったのですが、いま見てみれば別にこれは、女房が言ったって、亭主が言っても、同じじゃないかと思いますが、疲労感がありますね。いつもくたびれていて、くたびれているところでもって、バランスをとるために書いたというのが自分ではありありとわかるような気がします。

何年か前に船橋でそういったことをしゃべったことがあります。そうですね、疲労、いま読んでみますと、疲労感がいっぱいで自分で切ないようですね。ほんとうにくたびれてしまうと、手が震えるのです。そういう経験おありですか？　震えがくるのです。そういう状態の頃の詩です。そういうときに書くには、「笑い」を書くとか、ばかなことを言って笑わないとやってられない、そういうことでした。

高校の頃、学校の近くに蕎麦屋があって、図書館で勉強して、時分時になりますと、みなで蕎麦食いにいきました。ほんとはいけないのですが、先生帰ってしまっているからいいのです。蕎麦食いにいくと、そこの姉ちゃん、おそらく住み込みなのでしょう、大声で歌を歌いながら、お客さんの間を歩いているのです。かなり大きな声で歌ってる、流行歌、やかましいのです。なぜそうなのだろうか？　と。で、自分が商売をはじめてわかりました。歌でも歌っていないとやってられないわけです。私はばかなこと言って笑ってないとやってられなかったのです。彼女たちは歌って気を紛らわしていたのです。うちの隣のパン屋さんの女の子はトイレのなかで大声で歌っていました。時々聞こえていました。そういうものでした。

そういう疲労感が、この詩を見ますと思い出されます。私はこのときからしばらく、男と女の掛け合いが続きます。それから「笑い」を書いてきました。この詩が最初です。

リンゲルナッツの詩

86年に、田川紀久雄さんの雑誌に「星」という詩を書きました。これも三行組です。星はハレー彗星で、この年四月に来ました。周期は七六年ですから、今現在まだ遠ざかりつつあるわけで、ばかなこと言ってないとやってられない、というのは別の言い方をすれば、猥雑にあこがれるということです。この詩は自分で書いて、「お気に入り」です。してやったり、と思います。真夏の夜更けにあったことをそのまま書いただけなのです。ほんとです。

星

暑い夜なか男が窓から濡れた首を出すと
斜め向かいの部屋だけ電気が点いていてあけ放しで
若い女が素裸で向こうむきに立っている
今パンティを取ったところだ
それなのに男は思わず首を引っこめてしまったのだ
いまいましくも暗いところで一人でどきどきして
こんどはそっと覗こうとしてためらっているうちに
窓が閉まる音がする
もう二度とこんなことはないだろう　そう思う

じつは四十年前にも一度あった　そのときはよく見たが
男は七歳だった　七歳の子供が見たってなんにもならない
それからすれば四十年後にはまたこんなことがある計算だが
これはもっとなんにもならない
機会はあっけなく見逃され　もう永遠にないのだ
ハレー彗星は遠ざかる　遠ざかる

男はそれから毎晩窓から首出す
ヤクザは自分の住処では悪いことはしないと刑事
　が言っていたが
ここが自分の終の住処だと思えば何の悪いことも
　できないものか

夜なか男が窓から首を出すと頑張れよと声がする
斜め向かいだけ電気が点いていてあけ放しで
酔っぱらった裸の男が向こう鉢巻で一人で手を叩
　いて

頑張れよ頑張れよと毎晩言う

（『煙が目にしみる』（一九九五年）所収）

詩人の鈴木俊さんはドイツ語が達者な人で、ドイツで、第一次大戦後に出た、リンゲルナッツという人の詩を訳して、体操詩集というのをパンフレットにして日本で出版しました。村野四郎の体操詩集は知性と教養に裏付けられた格調高いものです。リンゲルナッツは、サーカスの芸人です。芝居の物まねなどをしながら、舞台で面白おかしく朗読する、そういう詩人です。天地の開きがあります。そのなかから、猥雑なところをとって、上品に換骨奪胎したのが、村野四郎です。村野のものだけでは決して体操詩集のほんとうの（本場の）姿がわからないです。鈴木さんのリンゲルナッツの詩を読んで、はじめてなるほどと思いました。でも、悲しいことに、鈴木俊さんは、語学は達者と思いますけれどインテリなのです。当時の下層、野卑な芸人の世界とは隔絶している人ではないかと思うのです。ですから訳す日本語はどうもしっくりこない気がするのです。そこのところを斟酌して聞いてください。

徒手体操（基本の姿勢）

もしも一人の女性がぼくらの情欲を目ざめさせ
しかも彼女がもう心を許していたなら、

その時は（両腕を前に伸ばせ！）
その時は、外に表さない方が賢明だ。
というのは後で（ゆっくり踵を持ち上げよう！）
その慎み深さが家族の好みや善良な両親のことを
　証明するだろうから。
（両腕を――曲げて！）
というのは、女性の何が一人の男性を惹きつけるか
　と言えば、
（腰を張って――脚を開け！――基本の姿勢）
それは端正であることだ。
それだけが真価を持ち、長続きもする。（全部元
へ！）
それは両者のうちで一番望ましいものだ。
それについて人は言う。（上体を曲げよ）
それが最上だと。

註として最良というドイツ語はお尻というドイツ語と同じだと書いてあります。詩の訳は困難なものですが、この訳詩では原詩が身ぶりだけ卑猥にして口調はインテリ風なのか、口調も本当は野卑なのか、よくわかりません。でも、形としてはなるほどと思ったので、参考のために読んでみました。私があこがれるのは、これから想像するような、香具師の猥雑さ、歌で言えばぴんから兄弟のような、息がくさいような、そういう風なものです。そして書いたのが、「星」です。

「笑い」についてですが、私の生活感覚は、衣食住一緒の生活は、たとえば嫁さんをもらうときも大変なのです。いまどうなっているかわかりませんが、一〇年以上前でも、跡継ぎの息子が四〇になっても嫁さんがきてくれない、嫁さん候補にいろいろ説得するのだけれども、衣食住一緒で、家族一緒で、商売をして、飯の支度やなど、考えるとみな、なり手がないということがあります。いまでも五〇歳近くなっても、まだ一人だという人がいます。しかし、彼はがんばっちゃってるわけです。嫁さんはいらねえって、なんていうか、いまは違いますけれど私の若い頃は江戸時代的な家族労働。朝おきて、

学校行く前にそろって朝飯を食べる、それからばらばらになって、朝みなで食べるのはそれだけで、あとは全部ばらばらです。

よその家へ配達などで行くと、そのなかには本屋があったり、下駄屋があったり、雑貨屋があったりするわけですけれども、その階段といわず廊下といわず部屋といわず、下駄屋はもう履物の箱だらけ、下駄だらけ。本屋は本屋でもってそこいらじゅう本、階段など半分本が占領してしまっていて、足を片足ずつあげられるところしか残っていません。雑貨屋は雑貨屋で化粧品などわけのわかんないやつが、もうそこいらじゅうって、なってました。わたしのところは階段にはものを置かなかったから、じつにびっくりしました。衣食住一緒とはそういうことです。めりはりのある生活ではないわけです。

週に一回休むというのは、休むと金を使うから嫌だという母親を説得して休むわけです。最初はね、で、もう三〇年も四〇年も前に週休にして、日曜日には休まないで、ウィークデイの日に休むという、週休二日制にも、国民の休日にも、振り替え休日もないわけです。それが延々とまだ続いています。

江戸の落語、小咄

ところが最近、コンビニとか二四時間営業という店があります。そういう営業は交替交替でやるわけです。商売の下手な人はその疲労で疲れて死んでしまう、現にうちの近くでもありましたね。そういう時代になってきています。生活はどこでも似たり寄ったりです。起きている時間は働く時間という、そのようななかで詩を書くというのはとんでもないことなのですが、私は自分で営業しているものですからいいわけです。たとえば「笑い」を見るときに、江戸の落語、小咄などというのはとても参考になるし、フィットします。藪入りという習俗がありまして、奉公人は正月とお盆に、年に二回だけ多分日帰りで実家に行ける。それに関するいろいろな話。「あんまの炬燵」という噺は、あんまがやって来る、旦那の治療を終えて帰るときに奉公人の部屋に顔見せたのを引っ張り込み、酒を飲ませ、体をあたたかくさして、それを炬燵の代わりにして、それでみなで寝てしまうというふうな話。これは番頭のはからいで、お店が大事だから寝るとき絶対に火は使わない。酒をユウズウするのはいいのです。そういう生活感覚。ですから私の考える「笑い」は、そこから近いところにあるのではないかと思います。

よく、ソ連の誰それを馬鹿にするジョーク、なんとか言うアメリカのジョークに、たとえば日本人に向かって金曜日にジョークを言うと月曜日になって笑うんだというのがあるそうです。そういうジョークは、私の目から見れば異質です。自分は上位にあり、対象を自分より、それよりも劣るものとして嘲笑する。自分より上位にある、例えば権力をそのように笑うのは正当だけど、これだと自分の他は皆攻撃の対象。あるいは、自分の文化の範囲以外は攻撃の対象。更に言えば、西洋文明は他の文明に優越するという傲慢さの笑い、言いすぎかな？　笑って溜飲を下げるのは、笑いの重要な力の一つです。批評の笑い。攻撃の笑い。でもそれは、自分より上位、自分たちより上位、自分の階層より明らかに上位の、権力に向ってのものだと思います。江戸時代より前なら町人、百姓が侍を笑うとか。でも江戸では自分（たち）を笑う、攻撃的でない笑いの方がうんと多いような気がします。これは心学という町人階級に広まっていた哲学、社会批評には進まずに町人という階級の中での自分の安心立命をはかる、という学問の影響があるのかも知れません。たとえば、〈気に入らぬ風もあろうに柳かな〉という川柳があります。これなど心学のものだと思います。江戸小咄に学ぶといっても、そこは心得ておく必要があります。でもともかく、自分を笑うというのは気持ちが楽になります。とても笑って元気になる。

芸者が二人、夜町を歩いていて、片方が急に便意をもよおした。「あんた紙なあい？」「ないわよ」、それで持っていた謡の本を破って使った。朝になったらその芸者がやったと町中に知られた。汚物の上の本に名前が書いてあったので。

山田洋次監督の作る映画に、落語の影響がかなりあります。使い方は巧妙です。「寅さん」のなかにはしょっちゅう出てきます。落語そのものを筋書きを変えて作ったようなのもあります。山田監督はすごいなと思います。これはまた別の話ですが。

ただ最近は、なんといいますか、落語も少し、「笑い」も少し、変わってきました。

昔のものは、『梁塵秘抄』、『今昔物語』、江戸小咄など西洋的なジョークと違って、いいですね。

反戦詩といいましても、別に反戦を書かなくてはいけないということはないわけで、書くとそれが反戦になる、結果的になるならばいいわけで、あらゆる表現には、自分の考えがもともと入っているものです。それをいくらか強く表した、それがたまたま反戦の意思だというところから、反戦詩になるわけです。反戦詩を書くのが難しいというのは結局、詩を書くのが難しいということと同義と思います。

自分の属する階層に忠実にいる

私は、生活感覚と笑いということを強調しましたが、それだけだと狭くなりますね。それを補っていくには、一つの方法としては、それを徹底する。機首を上げようとするのではなくて、押し下げる。そうするとかえって上がるかもしれません。徹底するとそれは普遍ということに通じるのかもしれません。私の場合は、『時間まで、よいしょ』からの三部作でやってしまったことですから、それも効かないのです。だからいまは苦労して探し、なんとかあっちこっち、想像して書いています。想像も生活感覚のうちですから、制限はあります。そのなかで参考になるのは自分の属する階層に、忠実にいるということです。案外狭くなるかもしれませんが、知らないことを書くよりはいいだろうと。

自分の属する階層、はっきり言えば貧乏人階層、別の言い方でいえば、金持ちでない階層。弱肉強食の世になるといえば、貧乏人が増えてくる、増えてきつつある階層ということになります。金儲かっていたっていいのです。意識としては貧乏人階層。自分の属する階層に忠実に、ということはかえって普遍性をもつのではなかろうかと思います。

人におもしろく思ってもらうためには、自分に属する階層に忠実なだけでは、通じない場合もあります。それを頭において、忠実に生きたいなあ、と思います。

私が貧乏人であるがゆえに、貧乏人のほうが多いわけですから、フィットする方々が多いはずです。乱暴な論理ですけれど。

（05年10月15日詩人会議　秋の詩のセミナー）

解説

「具体で生きている」詩人の存在感

川島　洋

一九九六年刊行の『甲田四郎詩集』（日本現代詩文庫第二期⑦）には、一九八二年の『午後の風景』から一九九五年の『煙が目にしみる』までの六詩集より作品が収録されているが、本書『新編　甲田四郎詩集』は、それ以降に刊行された四冊の詩集と未刊詩篇から編まれている。前詩集は詩人の壮年期（四〇代から五〇代にかけて）の作品群であり、この時期、詩誌「潮流詩派」と「垂線」が甲田四郎のホームグランドであった。本詩集では詩人の六〇代と七〇代の充実した仕事をたどることが出来るが、この間、甲田四郎は主に詩誌「すてむ」と「いのちの籠」を中心として精力的に作品を発表しつづけて来たのである。

本詩集のカバーするほぼ二〇年間においても、甲田四郎の詩の本質はそれ以前から一貫して変わらず、前集に引き続いて読者は、その力強く溌剌とした口語調の語り、諧謔とペーソス、強靭な反骨精神とするどい政治・社会批判の発語に魅了されるであろう。またそれと同時に、「超高齢化社会」の到来とともにみずからも高齢者の仲間入りをした詩人の手になる作品群が、現代に暮らす生活者のリアリティを生々しく刻印し、新鮮に息づいているさまに感嘆させられるだろう。

詩人の年の重ね方にはさまざまなかたちがあると思う。長く詩を書いて来た詩人が高齢となる（甲田自身の語彙を拾えば、じいさん、ジジイ、ジーチャンになる）につれて、詩への姿勢や作品の質がどう変わって行くのか。円熟、深化、新境地、マンネリ……一概には言えないけれども、甲田四郎の場合はその率直さ、けれん味のなさにおいて際立っていると言えるだろう。芸術家の中には、自分自身の「老い」の現実を否認し、作品をその現実から出来るだけ遠ざけようとする傾向も存在する。そこには若さ、青春こそが芸術の源泉であり、作品を産出する主体の老化は作品の衰弱をもたらす、というロマン主義的な（?）畏れの意識があるかもしれない。老いの事実をわきに除けて作品を作ることで、自己の芸術作品の老化あるいはマンネリ化を防ごうとする。芸術家としての「若々しい精神」を証明するために、「新たな試み」を自らに課し、周囲にも公言する。それはそれで、ひとつの芸術的生き方であるだろう。

だが甲田四郎の姿勢はむしろその逆であることが、本書を読むとよくわかる。甲田は自己の直面している老いの現実をそれとして受入れ、まさにその実感（体感、手触り、視覚、匂いなど）の直截性から言葉を発しようとするのである。加齢がもたらす心身と生活の変質をあるがままに眺め、素直に驚き、あやしみ、笑い、怒り、それを言語化する。高齢者を取り囲む現実を（それは弱者に厳しい資本の論理によってゆがんだ社会の現実である）身をもって感じ取り、それを書く。こうして、むしろ高齢となることでもたらされる多くの新しい体験が、そのまま詩の原石として研磨されていくのである。年を取ったからこそ訪れた体験を反芻し、それらの「かけがえのない」意味を問い、強い言葉を摑み出す。本詩集に収められた作品群が放つ新鮮な輝きは、甲田のそうした姿勢、つねに生活の現実から詩を発想してゆくリアリストの姿勢によって与えられていると言えるだろう。

だが探し物はトンカチではない、
あれ見つかったかいとまた聞いたら
女房はあれって何だという
あれって何だとは何だいまごろ、
あれはあれじゃないかほら、あれだ、ええと、あれ
エ?

目を上げる暗い天のかなた
あれは一度も形を現さないまま消えている

「夏のどん」（『陣場金次郎洋品店の夏』）

昼道を歩く私の目の中を黒い丸が動く。景色を隠す黒い丸、飛蚊症らしい。私の頭の中に飛蚊症が出

て記憶を隠す、昨日一つ、今日また二つ。私はどこへ行くのか。立ち止まる。昔の映画俳優の名は覚えている、しかし今私の行く先はどこだ？　周りを見る。今日は二〇一三年五月十五日。何曜日だっけ？　帰ってカレンダーを見て出直そう。出るのを忘れなければ。

　私は自営で仕事している。零細で赤字で休み休みで食うのに少し足りないが年取れば食い物が少なくてすむからまあいいや。頭は忘れるが体が動きを覚えている新しいことは判らない。「扇風機」（『送信』）

甲田四郎の詩の本質が壮年期から一貫して変わっていないと私は先に述べたが、他方で詩人のリアリズムは詩の書法において、またモチーフやテーマにおいて、いくつかの大きな変化を作品にもたらし、詩集ごとに展開を見せて来たことも確かである。以下、詩集刊行順にそれぞれの特徴を概観しながら、甲田詩の航跡をたどってみたい。

『陣場金次郎洋品店の夏』は二〇〇一年刊行、著者の第八詩集であり、第四回小野十三郎賞を受賞した。この詩集においては、甲田の詩の「かたち」が従来から大きく変わった点が注目される。『甲田四郎詩集』を読んでいただければわかるが、甲田は従来長く「三行一連」の連続する独特の形式で作品を書いていた。一行ずつの長さはさまざまだが（極端に長い場合もあったりする）、ともかく三行ひとまとまりで一連になり、そうした連がいくつも連ねられて一篇を構成するというスタイルである。これはおそらく、口語体の饒舌が（地の文、会話部分ともども）切れ目なく流れて、作品の構成が見えづらくならないための、甲田なりの形の律し方であっただろうと考えられる。甲田は殆どの作品をこの型に嵌めていたのである。ところがこの詩集では、そのような形式は用いられなくなっている（より正確を期すなら、その前の詩集『煙が目にしみる』の後半からこの変化が見られる）。また『陣場金次郎洋品店の夏』の「あとがき」によるとここには一九八二年から二〇〇一年までの作品が収められているとのことだから、甲田には異なる詩形を並行して書いていた時期があることになる）。この『新編　甲田四郎詩集』にはもはや「三行一連形式」の作品は見られない。すなわち甲田四郎はそのような形式（型）を必要としない、より柔軟な詩の構成法へと大きく舵を切ったのである。作品は一篇ずつ、それぞれ自己の必然に従って行を連ね、あるいは区切られてゆく。そして詩行のつながり、話題の転移は、きわめて自在かつ精妙な仕方で進行してゆくようになる。例えば「これヨーシ」「自転車」に見られる詩篇全体のゆるやかな遷移の仕方、「夜外へ出る」や「夜来るもの」に見られる換喩的連想あるいは記憶の喚起による各連の転移など、自然さと唐突さ、連続とズレとの絶妙なあわいでの、語りの技が冴える。

次の詩集『くらやみ坂』では「出る」「落ちる」「ネズミ男」「スニーカーの男たち」といった散文詩の存在が目をひく。また「身重の坂」「自転車坂」「くらやみ坂」「新宿まで」「夏回る」「遅れた花見」など忘れがたい印象を残す好篇が多い。

汗のＴシャツは坂の上でも汗である
見返れば今はない花屋と八百屋と床屋
今はない海に続く街の並びの
今はない米屋と下駄屋と銭湯
魚屋と肉屋と豆腐屋と乾物屋と雑貨屋
金物屋、菓子屋、パン屋、古道具屋
電気屋も自転車屋も布団屋も今はない
誰も彼も政治に潰されていくとは思わずに
ひたすら自分の無能を責めていた
そうして私の登ってきた自転車の跡は
狭い坂の両側に立つ政治という崖を
実に上手に避けてきたようなのだ
見ろ、かげでこそこそ言うは言うが
表立ち正面切っては決してどこにも衝突しない
心やさしい抒情詩人の抒情の性質
そのようにできているなめくじの跡の美しさ

「自転車坂」

この詩集で気づかされるのは、『陣場金次郎洋品店の夏』までは使用されていた「亭主／女房」(さらに以前は「男／女」でもあった)という主語が消えて、すべてが「私」になっていることである。かつての「亭主が」「女房が」という語りは、商店を営む夫婦の日常という限定された舞台で成り立っていた。同時に、方法的には自己の体験を「亭主」という三人称に置き替えて距離を取ることで、詩は一種戯曲的な文体に近づき、それによって、フィクションや誇張、不条理なドタバタや笑いをそこに込めやすくしていた。しかし『くらやみ坂』での語り手は「私」であって「亭主」ではない。甲田の詩はここで私性の色を濃くし、同時に夫婦というペアの場を離れた一人のひらかれた主体が詩の語り手となっている。その「私」の味わう悲喜こもごも、そして庶民、特に社会的弱者に寄り添う眼差しと、弱肉強食の非情な資本主義に対する強烈な怒りとが、作品に濃い陰影を与えている。それはまた、甲田四郎の詩へ重要な登場人物が新たに加わって来つつあることをも意味していた。

その新たな登場人物が加わった作品群は、翌年(二〇〇七年)『冬の薄日の怒りうどん』としてまとめられた。すなわちそれは甲田の二人の孫(ユリさんとタクミ君)である。この詩集で孫たちに注がれる甲田の視線の、何とピュアで温かいことだろう。そして甲田の詩の舞台は二人の孫を通して(触発されて)、空間的にも時間的にもさらに一層拡大している。「疑問符」「散歩」「タダイマ」「冬の薄日の怒りうどん」など胸にしみる名品が多いが、中でも「ゴメンネ」の連作は、愛情・祈り・不安・怒りなど詩人のさまざまな感情が重層して言葉を高いポテンシャルへと押し上げており、詩集中のピークを示すとともに、甲田詩の中の重要な作品と言えるだろう。

第三二回日本現代詩人賞を受賞した詩集『送信』(二〇一三年)は詩人の到達点の高みを示す。『陣場金次郎洋品店の夏』以来の自在な換喩的連想の詩法はこの詩集において完全に自家薬籠中のものとなり、詩行の運びもいよいよ精妙かつ大胆になっている。融通無碍なようでいて高度な計量にもとづく言葉の配合がなされている。ここでも詩人の眼は現実を、社会や自己の周囲の出来事を注視し続けている。詩はつねに、身の回りの具体的な事実から発想されている。作品のタイトルにもあるが、まさに「私は具体で生きている」のである。そして甲田四郎は資本主義、社会の右傾化、格差の拡大、原発事故、さまざまな劣化の現われに憤りつつ、弱者への「連帯」の気持を強めていることが見受けられよう（「味覚」「じじいたち」「出勤」「暮れてから」「箸を使う」「青空弁当」など）。しかし時折、その視線がはるかな彼方、茫漠たる意味の奥へと向けられるのがまた印象的だ。タイトルポエム「送信」の中で日差しを受けてベルトのバックルを光らせていた男は、いったいどこへ向けて何を「送信」していたのか。「約束」で亡くなった母親が発した〈頼んだよ、約束だよ〉という言葉——何の約束か言われないまま宙吊りとなり、それゆえ「果たせなかった約束」となってしまった恐ろしい言葉は、どこにしまっておけばいいのだろう。

背中に当たる場末の夜風
去年は入れ歯が合わなくて食えなかった
と言うとラーメン屋がニッコリした
かれはどこから来てどこへ行くのか
私は雪の列車に乗りに行きたい
一度バックして、勢いをつけて雪に体当たりして
雪原を船のごとく疾走する石北本線のディーゼル
特急

「ラーメン屋」

甲田四郎の詩は、もとよりこのような「解説」など必要としていないのであろう。その作品は読めば分かるし、庶民であれば誰でもよく味わうことが出来る（それこそ庶民の特権である）。私は詩人その人と詩作品とがこれほど密着し、整合一致している例を他に知らない。作品の中に甲田四郎その人がまざまざと存在し呼吸しているのを感じる。「私は具体で生きている」とは、まさにその謂なのだと思う。

庶民としての共感と批評

佐川亜紀

甲田四郎は、生活の詩の名手として知られているが、現代詩において批評を交えながら日常的な暮らしを書き続けるのは肝が据わった詩精神が要ることだ。近現代詩は西欧近代詩の導入から始まり、高村光太郎の詩「根付の国」のように日本の市井の文化を軽視し西洋的な知性と感性と方法を移植してきたからだ。

民主的な文学も例外ではなく、マルクス主義の観念と理想が先走り、ともすると生煮えの思想の言葉が盛られ、理論と現実、政治と文学の矛盾と乖離についての論争は一九二〇年代や一九四五年以後一九六〇年を挟み、七〇年代まではげしく行われたことがあったが、しばしば抽象に傾き過ぎた論争と実作だった。甲田四郎は、派手な論争や華々しい抵抗運動が下火になったときに、地味だがしっかりした目と姿勢で登場した観がある。

吉本隆明は、六〇年反安保闘争のあと七〇年代から「大衆」を思想の基礎に置き、民俗的部分を強調するようになった。しかし、「大衆」はバブル経済の下、大手資本に自ら進んで呑み込まれ、原爆を忘れ、原発に期待し、アジアを蔑視して追い抜かれ、保守化にやすやすと乗る者たちだった。その意味で甲田四郎の呈示した「庶民」は考えさせるさまざまな要素をはらんでいる。

詩史的には、詩集『大手が来る』で受けた小熊秀雄賞の小熊秀雄のように社会派、プロレタリア詩人の系譜につながるだろうが、それにとどまらない人間的な幅広さを感じさせる。小熊秀雄については詩「冬の薄日の怒りうどん」で「思えば怒り憎しみを〈陽気な〉詩の力にしたのは小熊秀雄ただ一人だった」と述べている。

甲田四郎は、ユーモアを醸し出す日常語で記す描写力に定評があるが、一方でしたたかな意志と生き生きしたリズムが詩を成り立たせている。詩は散文的な日常を題材としても、背後に日常を超えた光源を持っている。混沌とした暮らしをどう見て、どう表すかに作者の視角が浮き上がる。甲田四郎の詩も、視座を庶民の位置に置き、ありふれた生活を基にしているものの、背後に批評性、抗いを強く抱いている。それがなくては、大企業の進出に抵抗したり、「戦争と平和を考える詩の会」の同人誌「いのちの籠」を多忙の中で苦労しながら編集発行し続けたりすることはできない。

二〇一六年七月現在、戦後七一年経って、平和憲法が改悪されようとしている。日本の民主主義はどれだけ生活の中に、男女の間に、庶民の内面に根づいたかが問われている。鎗田清太郎は、前の現代詩文庫『甲田四郎詩集』の解説で能狂言に通じると分析したが、私は落語を連想した。落語は江戸期の風刺とユーモアと人情噺がメインで、庶民が芸能の前面に出て来たことは民主主義が欧米の移入ばかりではなく、すでに胎動が起っていたことを知らせてくれる。「ベトナムに平和を！市民連合」で活躍した作家の小田実は、「人間みなチョボチョボや」が思想の芯だったが、甲田四郎も似た平等の感性だ。

小野十三郎賞を受けた『陣場金次郎洋品店の夏』の表題詩には、個性がよく現れていると思う。「陣場金次郎洋品店」は零細自営業者であった。ほとんどの零細自営業者は大手チェーンスーパーに潰され、コンビニに消費者を奪われ没落していく。それは中流階級がなくなり、大資本と非正規雇用の超格差社会が到来するのと並行している。二宮金次郎という勤勉と勤労の象徴がもはや通用しない金融資本主義の到来を明示しているのだ。

甲田四郎の反権力性が非常に説得力を持つのは、自らが実際に零細自営業者として日々暮らしを脅かされ、それに立ち向かっていく気概を実践し、詩の土台にして書いているからだ。上から目線ではなく同じ高さの目線で社会的弱者を見ている。

表現では、的確な描写と熱い叫びのリズムが共存している。「金次郎二世店主が奥の商品の陰から／顔を半分出してこちらを見ていた、／試合中のプロ野球の監督のようだが／部下も客もいなくてかれ一人である、／親子二代六十五年のあいだやっていた店である、」と野球監督にたとえるユーモアを交えながら人物を丁寧に描写している。行動、様子、経歴の特色ある場面を切り取って印象深いものにしている。

「陣場金次郎洋品店のネズミ色のシャッターが降りた／そこに閉店ご挨拶のビラが貼ってなかった／ご挨拶というものは客に向かってするものだ、／その客がいなかった、どこにもだ／私の店はまだ閉めないまいにち天気を心配する、／今日は晴自分の頭の上だけ晴、／すると日差しにパラパラ雨が落ちてきた／狐の嫁入りだ」厳しい現実を直視して率直に即物的に表現している。事柄の本質を無駄なく乾いた筆致で切り取る技は秀でている。

一方、「バンザイバンザイバンザイと赤い短冊が」「赤い短冊の文句を我慢我慢我慢と変えて」など、甲田四郎のリズムは詩において大事な働きをしており、繰り返しや重ねが主だが、それは共感であるとともに批評になっている。リズムの特色は次のように挙げられよう。

【繰り返し】会話において相手の言うことをそのまま受けて返事をするのは共感の作用がある。「あたし死にたくないからね、今日は完全に休むからね」「おれも今日は完全に休む」（「痛い休日」）特に、妻との会話には受けながら微妙にずらす独特のおもしろさが出ている。妻は、愛する人で、家族で、家業の共同の担い手であり、同志であり、詩作を支えてくれた人である。甲田四郎の詩は大半が妻との会話でできているといっても過言ではない。前回と今回の文庫版の詩篇の中で三分の一以上に、妻との会話、または妻が登場する。これだけ妻との会話を織り込んだ詩人はいないし、現代詩で特記すべきことだ。初孫の女の子ユリへの慈愛もあふれんばかりで詩集『冬の薄日の怒りうどん』にまで結晶した。詩「身重の坂」で「女が途切れれば二重に途切れる明日があるのは／言うまでもないことだ／私は明日途切れなかった方の子供である」と書いていて、女性の存在は重要であり、日常を繰り返すことが生命を繰り返すことにつながる、そういう戦争のない日々を願っているのだ。さらに、「くり返すのは〈はるかなる問い〉だよ」（「くり返す」）

も奥深い。

【擬態語・擬音語】擬態語、擬音語が強いインパクトを放ち、描写の冷静さを破る叫びやわめき声として独自の働きをしている。「わあわあわあわあ」（「わあ」）。「そのとき蟬がジイジイジイ／大きな脈打つものにしがみついて鳴くのだ」（「冬の蟬」）。「脳天をジリジリ焼かれて」（「くらやみ坂」）。「ギイギイギイうなりだす／抗議のようである」（「換気扇」）。抗議が響き渡る。

【漢語の重ね】漢語の重なりが字面と音の相乗効果を出すのもおもしろい。「我慢我慢我慢」「営々と営々とえいえいえいえいと」（「夜外へ出る」）。

【歌の挿入】歌そのものも入れ込まれるのである。

「♪丘を越えてエ行こよ」（「丘を越えて」）。

描写の粘り強さは生活現実を冷静にみつめる目であり、音やリズムは躍動する感情のほとばしりである。両方が絶妙に混合しているところに甲田四郎の詩の魅力がある。

日常を無事に繰り返すことができるのは僥倖であり、昔から庶民は搾りとられ、生命を脅かされてきた。日常の裂け目から噴き上がる叫びやわめきを抑圧せずに表現する所に詩の批評性が生じるのだ。

社会的テーマにおいても、暮らしにかかわる社会保障にも及び、税率まで詩に書く詩人はまれであるが、最も多いのは倒産廃業だ。しかし、自分のことにとどまらず、アジアの死者、戦争など社会的な視野が広いのも優れた点である。それもさらりと入れて、ほかの日常的な言葉で上手く包んでいる。社会的な内容は次のようである。

倒産・廃業（「わあ」「味覚」「暮れてから」「青空弁当」）。社会保障（「クリスマスイヴ」）。税率（「痛いよ」）。戦争（「身重の坂」「くらやみ坂」「下町風俗資料館」）。アジアの死者（「星明かり」「真夏のユリ」）。戦後の貧しさ（「ギゴ」）。改憲（「出る」）。自殺（「夏回る」）。水爆実験（「ゴジラ」）。いじめ（「ゴメンネ」「ハト」）。天皇制（「奉安殿の石段」）。温暖化（「冷凍庫」）。ホームレス（「暮れの匂い」）。特攻隊（「開聞八月十四日」）。原発事故（「鍋の底」「赤信号」）。

ところで、甲田四郎の捉えた「庶民」はどのような存在だろう。つつましやかな庶民を肯定的に輝かすときにも必ず、照れのように笑いが入る。現代詩人賞を受賞した詩集『送信』の表題詩は、些細だが、一回性の光を送るものとして表している。「送信している　自分で気づかないで／男が自分の些細な輝きを」「空へ目を投げてゴミを吸いながら吐いていて／私もまた送信する者だ

そんな気になる」（「送信」）。「卑小な希望の灯」（「夏回る」）として生きている。お互いにつながり、反射し合うもの（「さんさん」「身構えて」）にもなっている。毎日の労働の具体的行動は庶民の根幹である（「塩ジャケの煙」「出勤」）。だが、無名のはかないものとして消える運命を背負っている。「時代の庶民は薄い存在である、と思えば／薄焼きせんべいなんか食っている」（「いいじゃないか」）。

かたや、庶民のずるさ、政治への無関心なども鋭く突く。「たとえば朝鮮人の強制連行には証拠がないと言う尻／その尻に乗っかる尻」「引きずり出せば／振り向く庶民の無表情な顔である」（「自転車」）。「誰も彼も政治に潰されていくとは思わずに／ひたすら自分の無能を責めていた」（「自転車坂」）。「飼育されているもののおとなしさは無惨だ」（「牧場で」）。「えらいさんの後をそうやって父母の世代はついていったのだ誰も彼も、えらいさんの背中は後光がギラギラ新聞ラジオがバンザイバンザイ先は明るいいいことばかりとしきりにはやす」（「鍋の底」）。庶民のマイナス面をきちんと把握している鋭さは内省的で貴重だ。二〇一六年現在は立憲民主主義が脅かされ、マスコミや庶民が自粛して物を言わなくなった。えらいさんの独裁の後をおとなしく付いていこうとしている。

「庶民」といい、「大衆」というが、人間なのだ。ごみを吸って吐いて輝くが、ごみを大量に出し、大量殺人をするのも人間である。長い物には巻かれがちで、権力に媚びやすいのが人間である。さらに、集団狂気におちいれば、一斉に死の行進を始めるだろう。

こうした「庶民」、つまり多くの人間がなんとかまっとうに生きることができ、孫世代、次々世代にまでつな

ぐことができる世界こそ甲田四郎の詩の底に流れ続けてきた切実な望みだ。味わい深い慈しみと怒りと笑いはこれからも人の心に染みわたっていくだろう。

甲田四郎年譜

一九三六年（昭和十一年）
　一月、出生。本名山中一雄。東京大森の二軒長屋の一軒、和生菓子製造販売・甘味喫茶「かどや」の長男、父平三五歳、母あさ二三歳。後弟三人妹一人。

一九四四年（昭和十九年）　八歳
　八月、国民学校三年で熱海伊豆山の温泉旅館に学童集団疎開。

一九四五年（昭和二十年）　九歳
　五月、空襲で家焼失、七月埼玉県の親戚宅に疎開した一家に合流。

一九四六年（昭和二十一年）　十歳
　八月、一家は焼跡闇市の大森に帰り商売再開、復学。

一九五八年（昭和三十三年）　二十二歳
　中央大学法学部法律科卒、以来現在まで家業に従事。

一九六四年（昭和三十九年）　二十八歳
　十二月、大工の棟梁の娘久保田妙子と見合い結婚。

一九七一年（昭和四十六年）　三十五歳
　一月、長男章雄誕生。この頃から夜中詩を書き始める。新聞で詩のサークルを探し「詩学」投稿者の岩間徳次に会いサークルを始める。詩の本を各種読みだす。

一九七二年（昭和四十七年）　三十六歳
　十一月、村田正夫主宰の「潮流詩派」に入会、九二年まで二十年間。

一九七三年（昭和四十八年）　三十七歳
　十月、編集辻五郎・発行武内辰郎の「詩のしんぶん」四号に参加、八二年三十号で終刊。

一九七五年（昭和五十年）　三十九歳
　七月、第一詩集『朝の挨拶』潮流出版社刊。解説加賀谷春雄。

一九七六年（昭和五十一年）　四十歳
　この頃櫻本富雄の限定二十部謄写版刷、詩人の戦後責任を問う「空席通信」を貰い始める。
二月、母クモ膜下出血で亡くなる。六十一歳。
一九八〇年（昭和五十五年）　四十四歳
田村昌由主宰の詩話会「けらの会」に参加。八九年頃まで。
一九八二年（昭和五十七年）　四十六歳
五月、第二詩集『午後の風景』潮流出版社刊。
一九八三年（昭和五十八年）　四十七歳
二月、冬京太郎の個人誌「垂線」を二人の共同編集発行として四十三号から参加。同人市原千佳子、稲山純子、小峰美知代、末繁博一、沼崎勉、松下綾子。八五年、五十二号から柴田茂参加。五十七号で中断。この前後から各詩誌に寄稿しだす。
一九八五年（昭和六十年）　四十九歳
二月、中学生の息子章雄同伴で飛行機に乗り冬の北海道の鉄道に乗り吹雪と流氷を見青函連絡船に乗る、以後九四年頃まで冬の北海道行。
十二月、仲山清編集発行の「鰐組」三十七号に参加、以後「鰐組」「垂線」「潮流詩派」に書く。
一九八八年（昭和六十三年）　五十二歳
三月、父平老衰（心不全）で亡くなる。八十七歳。
「詩学」十一月号に小詩集五篇載る。十二月「詩学」の詩学研究会投稿詩選者になる。八九年四月号から九一年三月号まで。社主嵯峨信之、編集篠原憲二、鎗田清太郎と二年、井坂洋子・岸野昭彦と初めの一年、財部鳥子・森原智子と後の一年を同席。
一九八九年（平成元年）　五十三歳
七月、第四詩集『大手が来る』潮流出版社刊（第二三回小熊秀雄賞）。
一九九〇年（平成二年）　五十四歳
八月、左下腹部膿胞破裂で九日間入院、店休。
九月、妻妙子左目突出し瞳上転せず国立医療センターに検査入院、病名不明。
一九九一年（平成三年）　五十五歳
八月、一過性脳血行障害で四日入院、店妻と息子でやる。

九月、右腎臓膿胞の水抜きで東邦医大病院に七日入院。店休。

一九九二年（平成四年）　五十六歳

五月、第五詩集『九十九菓子店の夫婦』ワニ・プロダクション刊。

七月、「垂線」五十九号から再開、九四年六十七号まで。同人に飯田光子、閤田真太郎、松下綾子。

一九九三年（平成五年）　五十七歳

六月、「戦争に反対する詩人の会」入会。

一九九四年（平成六年）　五十八歳

十月、第六詩集『昔の男』ワニ・プロダクション刊。

一九九五年（平成七年）　五十九歳

一月、阪神淡路大震災。三月オウムサリン事件。

同月、詩誌「すてむ」創刊。同人青山かつ子・石黒忠・岩渕欽哉・尾崎幹夫・甲田四郎・閤田真太郎・田中郁子・長嶋南子・松尾茂夫。翌年四月から川島洋、斎藤直巳、五号から坂本つや子、十号から水島英己、十三号から松岡政則参加。

八月、初めて日本現代詩人会理事になる。年会費担当。会長鎗田清太郎。

同月、第七詩集『煙が目にしみる』詩学社刊。

同月、「戦争に反対する詩人の会」の戦後五〇年アンソロジイ『反戦のこえ』に編集委員として参加。

一九九六年（平成八年）　六十歳

十月、土曜美術社出版販売版日本現代詩文庫第二期7『甲田四郎詩集』刊。解説鎗田清太郎。

同月、息子章雄大阪に転勤し、大島美保と結婚。

一九九七年（平成九年）　六十一歳

八月、日本現代詩人会理事再任・会計担当。

一九九八年（平成十年）　六十二歳

二月、H氏賞選考委員になる。

四月、章雄美保夫妻に百合誕生。

一九九九年（平成十一年）　六十三歳

九月、胃潰瘍で吐血、救急車で入院四日、以後禁煙。

二〇〇〇年（平成十二年）　六十四歳

七月、章雄美保夫妻に匠誕生。

二〇〇一年（平成十三年）　六十五歳

六月、第八詩集『陣場金次郎洋品店の夏』ワニ・プロダクション刊（第四回小野十三郎賞）。

九月、日本現代詩人会常任理事になる。会計担当。

二〇〇三年（平成十五年）　六十七歳

「詩と詩想」三月号から一年間北岡淳子と投稿詩選者。

同月、佐川亜紀の誘いでイラク反戦詩運動呼びかけ人となる。石川逸子・木島始・佐川と。

四月、参加者十人で総理府官邸に約三〇〇篇提出。

七月、『反戦アンデパンダン詩集』創風社刊に参加。

十月、日本現代詩人会理事再任、理事長になる（〇五年九月まで）。職務多忙で詩作細る。後頭神経痛発症、薬の副作用で口内炎発症。米大凶作。

二〇〇四年（平成十六年）　六十八歳

二月、詩学社ワークショップ「朱の日」（合評会）の講師佐藤正子に誘われ講師に加わる。

九月、「九条の会アピールに賛同する詩人の輪」に呼びかけ人として参加。

二〇〇五年（平成十七年）　六十九歳

二月ワークショップ「朱の日」詩学社から独立、「二月の会」とする。後「四月の会」と改称して二〇一三年まで行う。

八月、護憲詩誌「いのちの籠」創刊の呼びかけ人。足立双葉、大河原巌、高橋次夫、羽生康二、山岡和範と。会員七十人、代表羽生康二。誌名は故中正敏の詩「いのちの籠」による。

二〇〇六年（平成十八年）　七十歳

一月、足立区民の現代詩講座の講師を三月まで月二回計五回、九・十月に四回長嶋南子と務める。十一月から月一回自主講座。〇七年十一月まで。

二月、H氏賞選考委員長になる。

七月、第九詩集『くらやみ坂』ワニ・プロダクション刊。

十一月、教育基本法改悪反対共同アピール呼びかけ人に参加。

十二月、「四月の会」講師佐藤正子退き、一人引継ぐ。

二〇〇七年（平成十九年）　七十一歳

九月、第十詩集『冬の薄日の怒りうどん』ワニ・プロダクション刊。

日本現代詩人会常任理事になる。総務・六十周年記念事業担当。

十一月、妻妙子右膝半月板擦滅悪化東京労災病院に入院、店二十二日間休。

二〇〇八年（平成二十年）　七十二歳

「詩学」廃刊。社主寺西幹仁死去。

二〇〇九年（平成二十一年）　七十三歳

二月、現代詩人賞選考委員。

九月、日本現代詩人会理事になる。一般会計担当。

十月、妙子転倒し右膝骨折、店十日休。

二〇一〇年（平成二十二年）　七十四歳

一月、自動車廃車、免許返却。

二月、「歴程」同人になる。

八月、河津聖恵主宰「学資無償化の朝鮮学校除外に反対する詩アンソロジー」に参加。

二〇一一年（平成二十三年）　七十五歳

三月十一日、東日本大震災・福島第一原発事故メルトダウン。

二〇一二年（平成二十四年）　七十六歳

二月、松尾茂夫から「すてむ」五十二号以降の編集を引継ぐ。

六月、野田政権大飯原発再稼働を可決。この頃から毎週金曜日国会前で反原発デモ行われる。

十月、オーストラリア・カウラへ高野山真言宗の僧侶一行と夫婦で同行。一九四四年五月日本兵捕虜の自殺目的の集団脱走事件（カウラ事件）の死者が埋葬された公園墓地で供養のため。

二〇一三年（平成二十五年）　七十七歳

九月、第十一詩集『送信』ワニ・プロダクション刊（第三十二回現代詩人賞）。

十一月、特別秘密保護法日本現代詩人会反対声明。

翌日特委強行採決・衆院通過。日本詩人クラブ反対要望声明。

二〇一四年（平成二十六年）　七十八歳

一月、「いのちの籠」二十六号以降の編集発行責任者を羽生康二から引継ぐ。編集事務局佐川亜紀、葵生川玲、会計谷口典子になる。

五月、十九年続いた「すてむ」五十八号で休刊。休刊時の同人井口幻太郎、川島洋、閤田真太郎、長嶋南子、根本明、藤井明子、水島英己、甲田四郎。

同月、日本現代詩人会の冊子『現代詩２０１４』で現代詩人賞の受賞者として紹介される。紹介葵生川玲、同詩祭の贈呈式での紹介水島英己。

六月、息子章雄運転の車で夫婦、仙台—塩釜—石巻—女川—南三陸—三陸鉄道代行バス陸前浜駅—陸前高田—気仙沼—大船渡—盛岡—新花巻311㎞を巡る。

七月、安倍内閣解釈改憲閣議決定・公明賛成。

九月、九条詩人の輪十周年横浜「私の戦争と平和」集会に参加、詩篇「平和」など朗読講演。

二〇一五年（平成二十七年）　七十九歳

一月、「いのちの籠」会員中正敏氏、四月同御庄博実氏死去。

五月、安倍内閣安保（戦争）法案衆院可決。

二〇一六年（平成二十八年）　八十歳

四月、熊本地震。

六月、「いのちの籠」三十三号刊行、会員一二〇人で継続中。

現住所　〒１４３—００１６
東京都大田区大森北一—二三—一一

新・日本現代詩文庫130 新編 甲田《こうだ》四郎《しろう》詩集

発行 二〇一六年十月三十日 初版

著者 甲田四郎
装幀 森本良成
発行者 高木祐子
発行所 土曜美術社出版販売
〒162-0813 東京都新宿区東五軒町三―一〇
電話 〇三―五二二九―〇七三〇
FAX 〇三―五二二九―〇七三二
振替 〇〇一六〇―九―七五六九〇九
印刷・製本 モリモト印刷
ISBN978-4-8120-2343-3 C0192